花を聴く 花を読む

青柳いづみこ

月曜社

花を聴く　花を読む

もくじ

本書を義姉・戸井田明子に捧げる。

はじめに

子供のころから、花柄の洋服が好きだった。

昭和三〇年代には、まだ既製服は少なかった。ピアノの発表会の時期になると、母は中原淳一の『それいゆ』や『ひまわり』の付録の型紙を使ってドレスを作ってくれた。

中原淳一のデザイン画は飽きず見ていた記憶がある。オードリー・ヘップバーンのような大きな眼、すっと通った鼻とおちょぼ口。

ピンクの花柄のワンピースのアクセントは、胸から緩く結んだリボン。花は効果的に使われていて、胸元のギャザーにさりげなくあしらわれていたり、袖がそのまま花のフリルになっていたり、白襟に花の刺繡を入れたり。

母に作ってもらったのは、白いミニドレスの裾に色とりどりのフェルトで大きな花を縫い付けたもの。典型的なそれいゆ・スタイルだか、フリルのついたスカートにリボンといった発表会ファッションの中で、ストンとしたラインは目立った。

東京藝大のピアノ科にはいり、アルバイトでレッスンするようになると、少しはお小遣いもできる。中野富士見町の下宿に帰る前、新宿で途中下車して生地屋に立ち寄り、気に入った花柄を買っては知り合いの仕立て屋さんに頼んでワンピースやスカートを縫ってもらった。

紺地に白と黄色の花柄で立襟、Aラインのノースリーブドレスは背中に三角の切れ込みがあり、ことのほかお気に入りだった。

フランス留学から帰国して開いたデビュー・リサイタルのドレスも、花柄で仕立ててもらった。大きく開けた襟元にフリルをあしらい、ハイウエストでスカートに膨らみを持たせたシルエットは綺麗で評判も良かった。

今でもステージ衣装には花柄が並ぶ。流石に仕立て屋さんに頼むことはなくなったが、駅のガード下のお店やリサイクルショップで、目についたものを買っておく。花柄のゆったりしたトップスに光沢のある黒のパンツを合わせたり、花柄のロングスカートにラメのビスチェ、あるいは同じ花柄の上下など。

チラシや雑誌の広告に使う、いわゆる「アー写」にも花柄を着ていることが多い。

そんな花柄好きだから、二〇〇四年に池坊の雑誌『華道』から連載を依頼されたときは嬉しかった。花にまつわる物語と、花の物語にちなんだ音楽を一二点取り上げて一年間執筆した。同様のテーマでコンサートも企画したが、「花の音楽」というくくりは意外に難しかった。ポピュラーな曲もないわけではない。ランゲの『花の歌』は親しみやすいメロディでよく子供たちの発表会でとりあげられる。ヨハン・シュトラウス二世に『南国のバラ』というワルツがあるが、『美しき青きドナウ』ほどは知られていない。

シューマンの『花の曲』は良い曲だがやや地味だ。古謡『さくら』では、平井康三郎やカバレフスキーが変奏曲を書いているが、いかんせん作曲家に知名度がない。

山田耕筰の『からたちの花』は歌曲だが、作曲者の編曲によるピアノ曲もある。音の使い方がスクリャービンそっくりでおもしろい。南フランスのラングドック地方で創作したセヴラックには『夾竹桃の花の下で』という一五分程度のピアノ曲があるが、ほぼ知られていないだろう。『睡蓮』ではアメリカの作曲家マクダウェルがピアノ曲を書いている。

イギリスのドビュッシーと称されたシリル・スコットには、『ポピー』と『ロータスランド』という妖気たちこめる小品。フランス一八世紀の作曲家フランソワ・クープランのクラヴサン曲からは清楚な『百合の花ひらく』と『ケシ』。

いくら並べても有名曲が出てこない。歌謡曲やポップスなら、『赤いスイートピー』『夜桜お七』『シクラメンのかほり』『バラが咲いた』『秋桜』『ひなげしの花』……などたくさんあるのに。

二〇二〇年一〇月一一日、猿楽祭の一環で代官山ヒルサイドプラザで「花の物語、花の音楽」というコンサートを開いたときも、同様の悩みに直面した。

たとえば、フランス六人組のジェルメーヌ・タイユフェールに『フランスの花々』という愛らしいピアノ組曲がある。ジャスミン、ひなげし、ばら、ひまわり、カモミール、ラヴェンダー、昼顔、矢車菊。南フランスにちなんだそれぞれの花や香草は誰もがよく知っているものだが、作曲家や作品にはなじみがない。

北欧の作曲家シベリウスにも、「花の組曲」という副題をもつ『五つの小品』がある。ひな菊、カーネーション、アイリス、金魚草、つりがね草。シベリウスらしい甘やかな佳品ぞろいだが、やはり知名度がない。

日本の現代音楽作曲家、八村義夫は『彼岸花の幻想』という濃密なピアノ曲を書いているのだが、四六歳で夭折したこともあり、作曲家も作品も、もちろんのことまったく知られていない。

しかし、コンサート後のアンケートを読むと、評判は上々だった。八村の『彼岸花』は耳なじみの悪い現代音楽だが、目眩《めまい》がするような魔的な音響に圧倒されたという声が多かった。

音楽にはなじみがなくても、花そのものはポピュラーだ。タイトルから思い描いていた音楽とぴったりだった、或いは予想とかけ離れていた、などの感想とともに、知らない音楽を沢山知ることができて良かったという感想が大半を占めたのは嬉しかった。

本書は、『華道』の連載をもとに自由に書き伸ばしたものである。同じテーマでCDアルバムも制作したが、必ずしもすべての花に音楽がついているわけではなく、物語をともなわない花の音楽もある。それぞれ補いながら楽しんでいただけたら幸いである。

花を聴く　花を読む

薔薇

友人に花の好きな人がいる。一人暮らしのその人は、ジャカランダという南方の花を大切に育てていた。ポルトガルでは桜の花のように開花が楽しみにされているという。
和名を「紫雲木」といい、「火炎木」「鳳凰木」と並んで世界三大花木のひとつとされている。
高木の枝に釣鐘状の花を塊のように咲かせ、初夏の空いっぱいに青紫の雲が浮かぶさまは壮観だ。
友人は花屋で三本立ての鉢を求め、そのうち二本は枯れて、ただひとつ残ったものをベランダに置いて世話をしていた。樹木が大きくならないと花が咲かないのだが、丹精をこめた甲斐あってそのうちひとつの枝に蕾がつき、やがて花が咲いた。

ある日の夕方、天候が悪く、雨風が強くなりかけたので軒下に移そうとした。前年は雨に打たれてかなりの花が落ちてしまったからだ。

ところが移動させる途中で予想もしなかった事故が起き、よりによって花のついた枝が折れてしまった。

大きな音がした。その人の心も大きな音を立てて折れた。

挿し木をすれば蘇生するかもしれないが、花瓶に活けて花を愛でることにした。

近くで眺めると、開花したものが約三〇、蕾も約三〇あり、六〇の花が青空を背景に咲き誇る姿を見たかったと悔いばかりが残った。

何年か前、まだ地方の大学に奉職していたその人が、留守中に水やりできず、枯れるのを心配していたのを知っているので、まるで家族が亡くなったときのようにお悔やみを言った。

水を大量に吸うので、夏の暑さ対策が必要で、八月は朝晩の水やりを欠かさなかった、寒さにも弱いが、育ちすぎて室内にとりこめず、氷点下に下がるときはすべての枝に帽子をかぶせて不安の一夜を過ごしたという。

なんだか、サン＝テグジュペリの『星の王子さま』みたいだなぁと思った。丹精をこめ、雨風や暑さ寒さから庇護してきた花を自分で傷つけてしまうとは、どれほどの悔恨をともなうだろう。

『星の王子さま』のバラのエピソードには、世界中の人がしんみりさせられたに違いない。王子さまは自分の星に一輪のバラの花を残してきた。どこか別の星から種として飛んできて芽を吹いた。つきっきりで面倒を見ていると、芽が伸びて小さな木になり、つぼみをつけ、やがて花を咲かせた。

手のかかるバラだった。自分の美しさを鼻にかけて、王子を苦しめる。何をしてやっても満足しない。風が吹いてくるのがこわいからといって、ついたてを取ってこさせたり、ガラスの覆いをかけさせたりする。

すぐにばれるウソをついてはごまかすために咳をするので、王子はなさけなくなった。

星を出る決心をした王子が水をやってガラスの覆いをかけようとすると、バラは、本当はあなたが好きなんです、覆いガラスなんて、いりませんわと言う。

「でも、風が吹《ふ》いてきたら……」

「あたくしのかぜ、たいしたかぜじゃありませんもの……夜のすずしい風に吹《ふ》かれたら、さっぱりしますわ……花なんですもの」

旅に出た王子は、次々と星をめぐって、七番めの星・地球にやってきた。砂原と岩と雪をふみわけて長いこと歩き、庭に出ると、星に残してきた花とそっくりそのままのバラが五千ほども咲いている。

そこで王子は気がついた。自分は、この世にたった一つの珍しい花をもっているつもりだった。ところが実は、あたりまえのバラの花を持っているにすぎなかった。

このあと王子はキツネに会って、自分が世話をしてやり、自慢話をきいてやったバラの花こそが、世界に一つしかない「自分の」バラだったことをさとるのだが、当のバラの花のモデル、サン＝テグジュペリの妻コンスエロが書いた『バラの回想』を読むと、彼女がやっぱりあたりまえのバラ……つまり、普遍的な女性だったことがわかる。

『バラの回想』という、受け取り方によっては強烈な皮肉にもきこえるタイトルの本でコンスエロは、世間の一方的な見方をことごとくひっくり返してみせる。

アルゼンチンの外交官エンリケ・ゴメス・カリージョの妻だったコンスエロは、夫の死後、政府の招きでブエノス・アイレスに向かうマッシリア号の中で、スペインの名ピアニスト、リカルド・ビニェスに会う。モーリス・ラヴェルの親友で彼の作品やドビュッシーのピアノ曲をたくさん初演しているビニェスは、南米ツアーのために船に乗ったのだ。

カリージョの知己のひとりだったビニェスは、すぐにコンスエロと仲良くなり、『ラ・ニーニャ・デル・マッシリア』というピアノ曲を書いて彼女に捧げる。

マッシリア号の中でコンスエロは、やはりブエノスアイレスでの講演会のために呼ばれたバンジャマン・クレミューという学者に会う。彼は、講演会のあとのレセプションで、ひとりの背の高い飛行士をコンスエロに紹介する。それが、アントワーヌ・ド・サン＝テグジュペリだった。

当時サン＝テグジュペリは、アエロポスタル社の営業主任として郵便船の開拓に従事していた。コンスエロに一目ぼれしたアントワーヌは、彼女が夫の喪に服している未亡人であることも眼中になく、飛行機が嫌いな彼女を説き伏せ、会って二〇分後にはビニェスやクレミューとともに夜間飛行に誘う。そして、コックピットに連れ込み、キスしてくれなければ飛行機を海に沈めるとおどかす。

数日後、空の上から戻ったアントワーヌは熱烈なラブレターを彼女に送り、友人との会食で結婚を申し込む。当時彼は夜間飛行についての本を執筆中で、コンスエロが結婚してくれるなら書くと宣言した。

飛行場での婚約式がとりおこなわれることになったが、緊急の呼び出しを受けたアントワーヌは郵便機で飛び立ち、かわりにリカルド・ビニェスが立ち会った。

ビニェスはこのときのことを、家族に宛てた手紙で「あなた方はたぶん、マッシリア号で私が出会ったゴメス＝カリージョ未亡人が偉大な飛行士サン＝テグジュペリと再婚したというニュースをご存じでしょう。彼もまた私の友人の一人で、ブエノス・アイレスで私に読んでくれた『夜間飛行』という小説でフェミナ賞を受賞しました」と書いている。

結婚生活はさらに大変なさわぎだった。パリでは、コンスエロの最初の夫が残した小さなアパルトマンに居を定めたが、コンスエロへのラブレターをもとにした『夜間飛行』がヒットしたアントワーヌには取り巻きができ、夜帰らないことも多かった。パリでコンスエロが探し、三ヶ月ぶんの家賃を前払いし、アントワーヌ本人も涙を流すほど喜んだアパルトマンには住まないと言い出す。次のアパルトマンは彼が一年ぶんの家賃を払い、コンスエロが引っ越し荷物を運ぶためのトラックを雇ったのに、勝手に解約してしまう。

ずいぶん、『星の王子さま』のイメージと違う。コンスエロはしばしば悪妻と呼ばれたが、つれなかったのは、夫の方なのだ。妻を置いてきぼりにして浮気をくり返す。にもかかわらず、妻に甘え、事故に遭ったり病気になったりすると彼女を呼び出す。自分はたくさん愛人を持っているのに、妻には貞淑さを要求し、ストーカーのようにつけまわす。

もっとも、コンスエロも人のことは言えない。情熱的な彼女は、いろいろな男性に一目惚れをくりかえし、そのたびに夫の元を去ろうとするのだが、最後の瞬間に思いなおす。だから、このドラマは「どっちもどっち」とした方がいいかもしれない。

『星の王子さま』は、アントワーヌが四二歳の一九四二年夏、コンスエロが見つけてきたニューヨーク北部のベヴィン・ハウスで書かれた。著者自身の挿絵は印象的だが、コンスエロも、家を訪れた友人たちもモデルになった。

「彼は友人たちをかんかんに怒らせた。デッサンが終わってみると、それはもう彼ら自身ではなく、髭の男だったり、花だったり、小動物になっていたりしたからだ」と、コンスエロは『バラの回想』で明かしている。

本の出版は一九四三年四月六日、グルノーブル・アヌシー方面の偵察飛行に出たアントワーヌが消息を絶つのが四四年七月三一日。

『バラの回想』はその一年後、一九四五年に書きはじめられたが、出版はコンスエロの死後二一年もたった二〇〇〇年、サン＝テグジュペリ生誕百年の折りだった。当然、タイトルは彼女自身ではなく、出版社がつけたものだ。

その二年前、サン＝テグジュペリの戦闘機が姿を消した地中海のマルセイユ沖で、彼のものと思われる銀のブレスレットが漁師の網にかかっているのが発見された。ひき上げられたブレスレットには「アントワーヌ・ド・サン＝テグジュペリ（コンスエロ）」と刻まれていたという。

♪

花ではメジャーな薔薇だが、意外に薔薇の花の音楽は少ない。ヨハン・シュトラウス二世（一八二五〜一八九九）の『南国のバラ』は典型的なウィンナ・ワルツ。抒情的な序奏のあと、自作のオペレッタのから二重唱「野ばらが花開くところ」など四つのワルツがくり出され、華やかなコーダでしめくくる。

ヴィラ＝ロボス（一八三七〜一九五九）の組曲『シランジーニャス』の「カーネーションはバラと喧嘩した」はおもしろいタイトルだ。語源の「シランダ」とは歌いながら輪になって踊るブラジルの民族舞踊のことらしい。ポルトガルでは大人の踊りだったが、植民地のブラジルでは子供の踊りになった。「カーネーションとバラ」もわらべ歌で、次のような内容。

「バルコニーの下で、カーネーションとバラはケンカしました。カーネーションは傷つき、バラは花びらが散りました。カーネーションは病気になり、バラは見舞いに行きました。カーネーションは弱っていて、バラは泣き出しました」

悲しい内容にしては音楽は跳ねるように陽気で、中間部では童謡のメロディが流れ、ついで喧嘩を思わせるシーンが展開され、最後は賑やかに終わる。

プルーストの友人の作曲家レイナルド・アーン（一八七五〜一九四七）のピアノ組曲『当惑したナイチンゲール』の「ブリダの薔薇」は、オリエンタルな匂いを漂わせる神秘的な音楽。五拍子の不安定な律動の中で、アラベスクのような装飾がからみあい、物憂げにうごめく。とくに盛り上がるでもなく、つぶやくようにはじまり、つぶやくように終わるのは、華やかな薔薇のイメージにはそぐわないが、魅力的な作品だ。

ミルテ

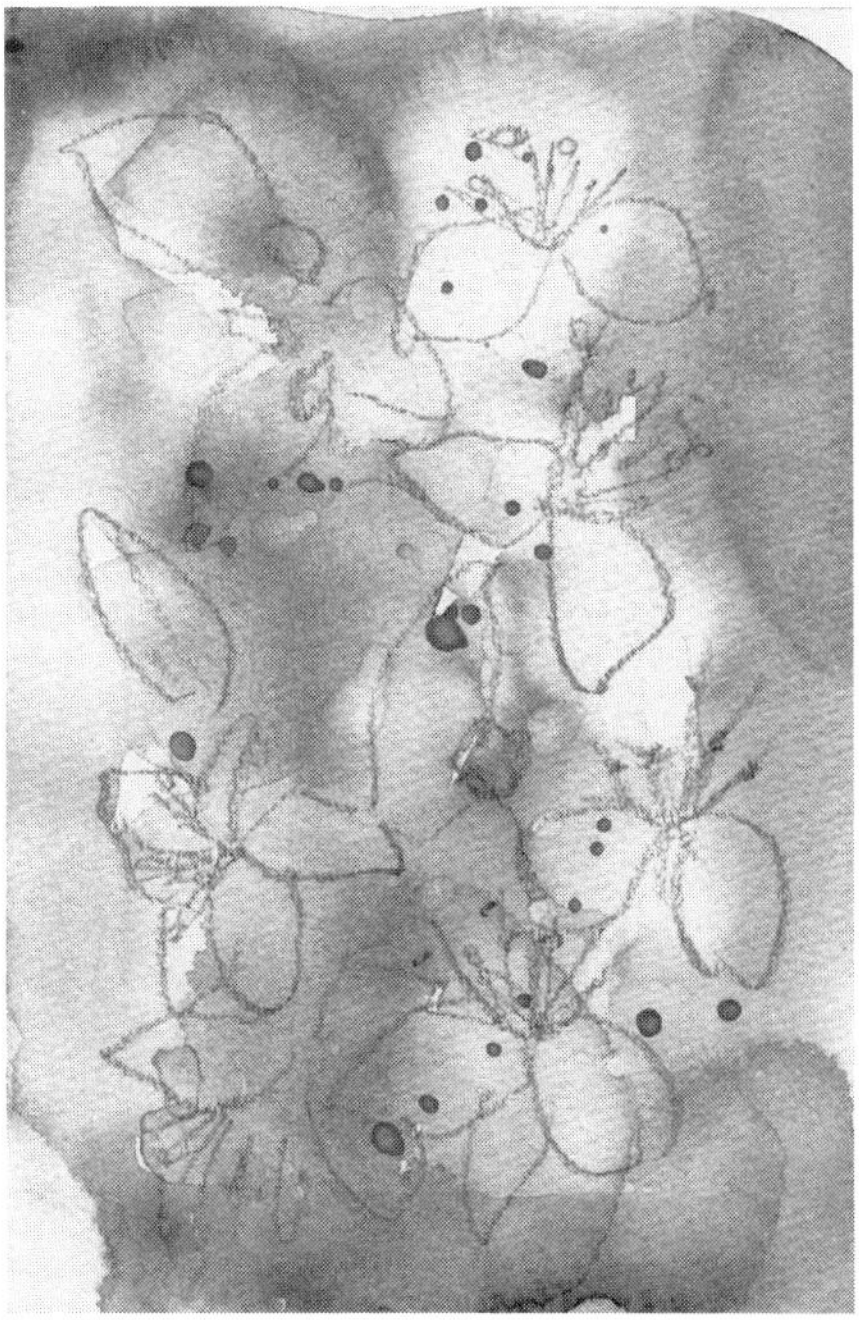

ミルテは、和名を銀梅花といい、常緑の低木で匂いやかな白い花が咲く。西洋では、花嫁さんのブーケによくミルテの花が使われる。
すぐ思い浮かぶのはシューマン（一八一〇〜一八五六）の歌曲集『ミルテの花』だが、実際にはミルテを歌った曲はない。一八四〇年九月一二日、クララとの結婚式の前日に「愛する花嫁に」という献辞つきで捧げられた連作歌曲集なので、象徴としての「ミルテ」が使われたのだろう。

第一曲「献呈」はリストの編曲でよくピアノでも演奏されるが、リュッケルトの詩はシューマンの心情をよくあらわしている。

君は僕の魂、君は僕の心、
君は僕の喜び、ああ　君は僕の痛み、
君は僕の生きる世界、
君は僕の漂う大空……

「君は僕の」を意味する「ドゥ・マイネ」が畳みかけるようにくり返され、絶えず高揚するメロディとともに心臓の鼓動が聞こえてきそうだ。

父親の反対もあって苦難を乗り越えてのゴールインだったが、現世に生きる演奏家と未来に生きる創作家の結婚にはさまざまな軋轢も生じた。シューマンは、名ピアニストだったクララの演奏旅行に同行すると鞄持ちと間違えられ、クララは夫の難解な作品では聴衆を喜ばせることができないジレンマに襲われた。

シューマンでは、ハイネの詩による『リーダークライス作品二十四』に「ミルテとバラの花をもって」という一篇がある。

愛らしい優しい、ミルテとバラで、
良い香りの糸杉と金箔で、
僕のこの本を柩のように飾り付けたい、
そしてその中に僕の歌を葬りたい

死の象徴である糸杉や金箔という言葉が出てくるから一見哀しみの歌のように思われるが、実は愛の息吹にふれることによって歌は再び蘇るというポジティヴな内容。

ミルテは、北欧の詩人たちにとって南への憧れの象徴だった。ゲーテは『ミニヨンの歌』で、「ミルテの木はしづかにラウレルの木は高く　くもにそびえて立てる国をしるやかなたへ　君と共にゆかまし」（森鷗外訳）と歌う。

フランスの作曲家アンブロワーズ・トマ（一八一一～一八九六）がゲーテの『ヴィルヘルム・マイスターの修業時代』を自由に脚色して、その名も『ミニョン』というオペラを書いている。劇中で、旅芸人の薄幸な少女が生まれ故郷へのあこがれをゲーテの詩に乗せて歌う。日本では堀内敬三訳詞の「君よ知るや南の国」で親しまれているアリアだ。

舞台はドイツの田舎町。ロタ－リオという吟遊詩人が竪琴を片手に、「あの子はきっと生きている、愛しい娘スペラータ」と歌う。彼は、幼いころにさらわれた娘を探しているのだ。そこにジプシーの旅芸人の一座があらわれ、親方がミニョンと呼ばれる少女に踊りを強要する。通りかかった学生のヴィルヘルムが彼女をかばうと、見物していた女優フィリーヌが投げ銭を放って彼女を解放する。御礼を言ったミニョンは、年齢をきかれてもわからない、両親もいないと答え、唯一おぼえているのは湖でさらわれたことだと、故郷を思って『ミニョンの歌』を歌う。

さる男爵の屋敷で開かれるパーティに招待されたヴィルヘルムは、ゆくあてのないミニョンに懇願されて連れていく。そこでは、シェークスピアの『真夏の夜の夢』が上演され、フィリーヌもティタニア役を演ずることになっていた。ヴィルヘルムがフィリーヌを熱愛していることを知ったミニョンは嫉妬にさいなまれる。自分も女性として見られたい一心で、フィリーヌの衣装を身につけると、見つかって烈しく叱責される。同情した吟遊詩人のロターリオは屋敷に火をつけ、ヴィルヘルムは逃げおくれたミニョンを助けだす。

ある城で静養するうち、ミニョンがロターリオの探していた娘であることが判明し、ミニョンはヴィルヘルムと結ばれる。

ミニョンとフィリーヌというダブルヒロインで豪華なキャストだが、聞きものの『君よ知るや南の国』が第一幕で歌われてしまうため、やや竜頭蛇尾に終わる印象がある。

ミルテは、アンデルセンの『即興詩人』でも、印象的な場面で使われている。ローマの貧しい家に生まれたアントニオは、即興詩人としてデビューしたのち、傲慢な歌姫アヌンツィアータをめぐる恋のさやあてでローマを逃れ、ナポリ、ヴェネツィア、ポンペイとイタリア各地を遍歴し、南イタリアのパエストゥムにやってくる。

パエストゥムには、古代ギリシャの植民地時代に建てられた都市遺跡があり、アテネのパルテノン神殿より百年も古い巨大な三つの神殿が残っている。

アントニオは、ネプチューン神殿に向かう道すがら、物乞いの群れの中にヴィーナスのような美しい少女を見かける。彼女は盲目だった。ララというその少女に銀貨を与えたアントニオは、神殿に到着すると、柱にもたれて即興詩を歌う。自然の美しさを歌いながら、彼は、美しいものすべてから遠ざけられている哀れな少女を思い、涙を浮かべた。

歌い終えたアントニオは、芳しいミルテの繁みにララが潜んでいるのを発見する。

一行は神殿の階段をおりました。わたくしも後からゆっくりついていきました。ふと、わたしくが今までよりかかっていた柱のかげの、かおり高いミルテの茂みの下に、頭をひざにうずめ両手をうなじのところで組んでいる人間が、すわって、というよりも、横たわっていました。それは、あの盲目の少女でした。(大畑末吉訳)

歌を聴いた少女の顔には感動が刻まれていた。胸に熱いものがこみ上げてきたアントニオは、彼女の額に燃えるような接吻を記す。

このあたりの経緯は、アンデルセンの実体験からきているらしい。一八三三年秋、イタリアを訪れたアンデルセンは、ローマからナポリに移り、古代の町パエストゥムを訪れて神殿の石段の、いちじくの木陰で目の不自由な少女を見かける。漆黒の髪に二、三輪の青いスミレの花をさしているのが印象的だった。アンデルセンは彼女に金をほどこそうとして、あまりの荘厳な美しさに気おくれしてしまう。

恋人の歌姫アヌンツィアータのモデルは、落魄したドイツの女優だが、もう一人はそのとき劇場で聴いたフランスの歌姫マリア・マリブランだという。一八三一年にパリに出てきたショパンが歌劇場に通いつめて聞きほれた伝説のプリマドンナ。馬車事故で早く亡くなったが、妹のポーリーヌ・ヴィアルドーはジョルジュ・サンドやショパンに可愛がられ、息の長い活躍をしている（ちなみに、マリブランの忘れ形見シャルル＝ウィルフリッド・ド・ベリオはピアニスト・作曲家となり、パリ音楽院でラヴェルやリカルド・ビニェスを教えた）。

即興詩人として成功したアントニオは、ヴェネツィア市長の家に招かれた折り、市長の姪でラに生き写しの少女マリアに出会い、強く惹かれる。マリアもまた目が不自由だった時代があり、ナポリの医者の手術によって治ったことが判明する。

「わたくしは色というものを、音の美しさと強さになぞらえて考えておりました。」と、マリアは話をつづけました。「すみれは青く、海と空も青いと聞かされておりましたので、すみれのかおりから、空と海がどんなに美しいか、おそわることができました。……」

しかし、アントニオは黒い髪にすみれの花をさしたララを思い出しただけだった。

いったんヴェネツィアを離れたものの、また突き動かされるように戻ってきたアントニオは、帰還早々ひどい熱病に罹り、夢うつつの中でマリアがララであったことを知る。

マリアもまた、自分がパエストゥムの神殿にいたララであり、手術で光をとりもどしたことを告げる。こうして二人は結婚するのであるが、『ミニヨン』にせよ、『即興詩人』にせよ、あまりにも都合のよい出会いにいささか鼻白む。

民話では、イタリアの『ペンタメローネ』に「ミルテの木の娘」という話がある。ミアーノ村に子供のない夫婦がいて、ミルテの小枝でもいいからと祈ったところ、妻が妊娠し、本当にミルテの小枝を生んだ。鉢に植えて水をやり、美しい木に育てた。

狩の途中で立ち寄った王子がこの鉢植えにほれこみ、譲り受けてバルコニーに飾った。夜になると女性らしきものが寝床にはいってきて、夜明け前に抜け出していく。蠟燭をつけてみると、美しいミルテの妖精だった。王子は喜び、妻として夜毎いつくしんだ。

あるとき、王子は大イノシシ退治に出かけることになった。ミルテの精は、小さな鈴を枝の先に絹糸で結び、帰ったら玄関から糸を引いて鈴を鳴らしてくれと頼む。

王子は召使に鉢植えの世話を頼んで出発した。ところが、留守の間に七人の愛人が忍びこみ、ミルテの鉢を見つけると葉をむしってしまった。鈴の音をきいて姿をあらわした妖精は、女たちにばらばらに引き裂かれる。

戻ってきた王子は嘆き悲しんだが、召使が肉や骨を拾い集めて鉢に埋めておいたものが芽吹き、妖精はやがて元通りの姿になる。実際に、ミルテは挿し木で繁殖するのである。


ミルテの話に魅せられた私は、一人娘にその名をつけた。園芸家の義姉がプレゼントしてくれた鉢植えを庭先に移したところ、灌木のはずのミルテはすくすく成長し、私道の電線に接触してしまうほど。

ミルテの精ではないけれど、娘には少し共感覚があるらしく、枝を折ると、あたかも自分が折られたように身をすくめる。

けし

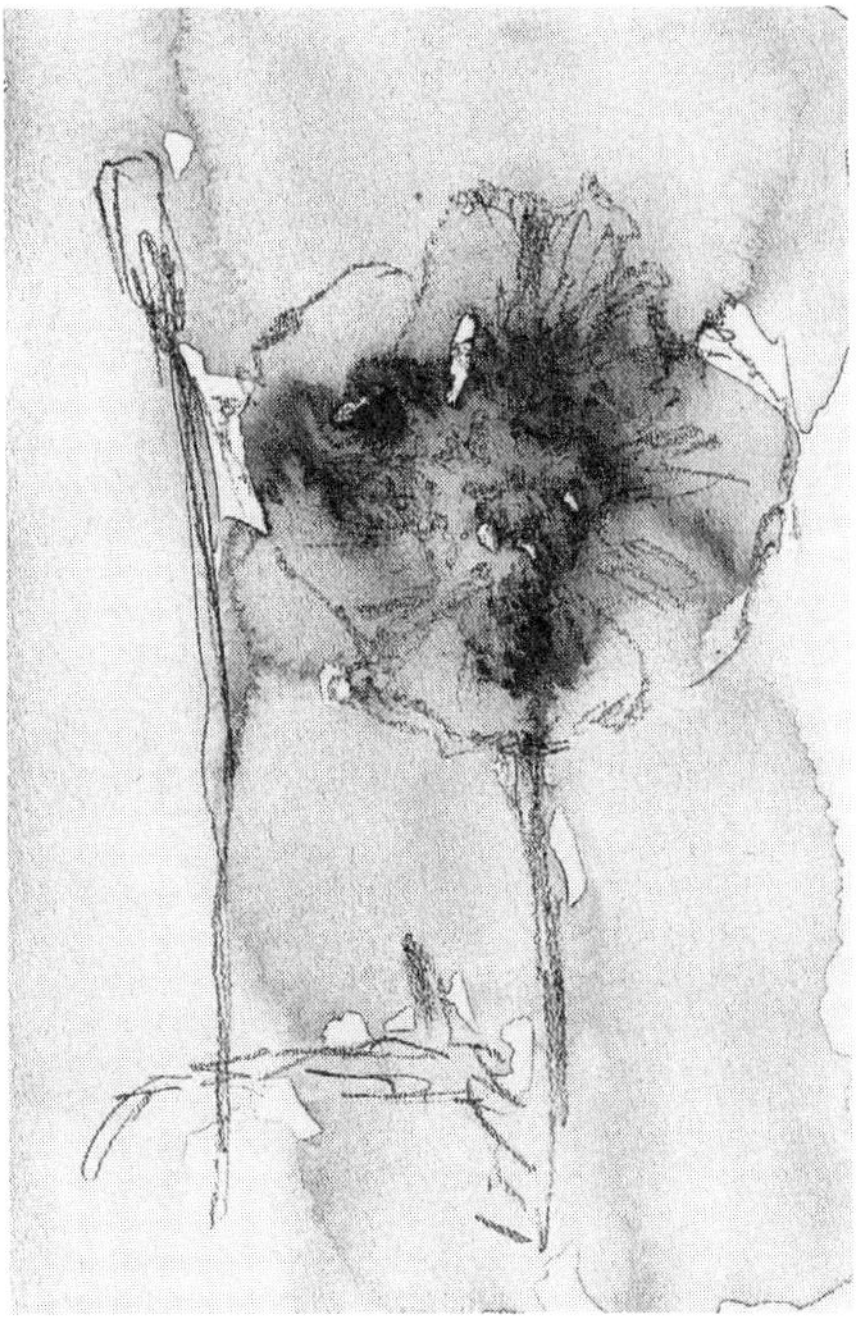

フランク・ボーム『オズの魔法使い』には、印象的なケシ畑のシーンがある。カンサスの大草原で育ったドロシーちゃんは、愛犬のトトとともに竜巻で家ごと吹き飛ばされてしまう。降り立ったのはマンチキンの国。頭に脳味噌ならぬ藁のつまったかかし、ハートのないブリキの木こり、怖そうなのに臆病なライオンとお供もそろい、「エメラルドの都」めざして歩くうち、たいそう美しい土地にさしかかった。

一同は、色あざやかな小鳥たちの歌を耳に、美しい花々を眺めながら歩いていきました。花は、いまでもそこいらじゅう、もうすきまもないほど咲いていて、地面は花のじゅうたんですっかりおおわれているのでした。黄や白や青やムラサキの大輪の花が、真赤なポピーの大群のかたわらに咲いています。そのポピーの色といったら、まばゆいばかりなので、ドロシーは目がくらみそうでした。

「まあ、なんてきれいなんでしょう」少女は、花々のツンと鼻をつく香りを吸いこみながらいいました。（佐藤高子訳）

ダメダメ、吸い込んだりしちゃ。日本で咲いているポピーからは阿片はとれないけれど、ソムニフェルム種のケシは麻薬なんだから。

案の定、ドロシーちゃんはぐうぐう寝てしまう。花の毒にやられないように走り出したライオンも、ケシ畑の途中で力つきる。ブリキの木こりとかかしだけが全然平気で、ドロシーちゃんとトトを運び、無事ケシ畑を脱出する。

『オズの魔法使い』は、コロボックルの『ピノッキオ』に似ているところがある、と思う。人形である主人公が次第に人間の魂を獲得していく、いわば教養小説の人形版なのだが、『オズの魔法使い』でも、心を持ちたいと願っているブリキの木こりや、脳味噌があればと夢想する藁のかかしが、次第に人間よりも人間らしい存在に昇格（?）していくさまを追っている。

しかるに、ことケシ畑については、哺乳類は麻薬の虜になってしまい、木こりやかかしの非人間性が功を奏するという逆転の現象が起きているのがおもしろい。

それでもトトやドロシーちゃんは軽いので楽だが、巨大なライオンが寝てしまうと始末におえない。打ち捨てていこうとしているところに、ものすごい唸り声がした。大きな黄色のヤマネコが、小さな野ネズミを追いかけているのだ。心を持っていないはずの木こりが同情し、斧をふりあげてヤマネコの首を打ち落としてしまう。

助けられた野ネズミは感謝して、自分は全野ネズミの女王であると名乗り、ご恩返しに何かお手伝いしたいと申し出る。脳味噌がないはずのかかしが一生けんめい考えて、ケシ畑で眠っているライオンを助けてほしいと頼む。かかしは木こりにライオンを運ぶ手押し車をつくるように言い、何千匹というネズミがそれを引いてライオンのもとに行く。

ライオンが重たいので大変だったが、どうやらこうやら手押し車に乗せ、ネズミたちの力ではとても動かなかったので、木こりとかかしがあと押しして、ようやくケシ畑から逃れることができた次第。

昭和初期に一斉を風靡した坪田譲治の児童小説『善太三平物語』でも、兄の善太が魔法を使うつもりのシーンでけしの花がひと役買っている。

弟の三平が庭にかけこむと、善太は「ばかッ、だまってろ、今、おれ、魔法を使ってるところなんだぞ」とたしなめる。

陽が静かに差し込む庭には、赤、白、黄などさまざまな色のけしが咲いていた。その上を一匹の蝶々が飛んでいる。ヒラヒラと上へ下へ、右へ左へ、高く舞い上がったと思うと地面すれすれに舞いおりてくる。草の葉にもぐりこんだり、花のまわりを飛んでみたり、花の中にはいったかと思うとけし坊主の上で羽根をやすめたりしている。

三平が一心に見つめていると、蝶は彼の鼻や目すれすれまで飛んできて、おしろいのような匂いのする白い粉をまきつけていった（麻薬ゲシの茎や葉は白く粉をふいているというから、やや心配ではある）。

「今のが魔法なの。」と三平がきくと、善太は得意になって解説する。

「けしの花がこんなにたくさん咲いているだろう。何だか、アラビアンナイトの中にあった、土の下の美しい庭に来たような気がしてきたんだよ。そこで考えたんだね。もしかしたら、これは魔法が使えるかもしれないぞ。それで、まず第一に、蝶をここへ呼びよせることにしたんだ。ね、そうしたら、すぐ、あの蝶が、兄チャンが、蝶こいって、心の中で思うと、もうすぐやってきたんだ」

坪田譲治の物語は、子供の胸の内を子供の側に立って描くところに特徴がある。

ケシは、ギリシャ神話の「ハルキュオネ」の挿話にも出てくる。虹の女神イリスは、ヘラの命を受け、夫が海で遭難したことを知らないハルキュオネの夢枕に立ってもらうため眠りの神ヒュプノスの宮殿を訪れる。

ヒュプノスは冥界の王ハーデスの助手で、レムノス島の洞窟に住んでいる。陽の光が絶対にささない山奥にある宮殿のまわりには、おびただしいケシの花が栽培されていた。花の液汁から「睡眠」を抽出し、地上が暗くなったときにふりまくと、鳥も獣も人間も、あらゆる生き物が寝てしまう。睡眠の宮殿にも眠りが充満しているので、イリスは用事をすませると一目散に退散した。

ソムニフェルム種のケシの青緑の果実（ケシ坊主）に切れ目を入れると、乳液状の樹液が出てくる。この樹液からつくられるのが阿片で、モルヒネ、コデインなど鎮痛剤に用いられる麻酔薬が含まれている。

エイミー・スチュワート『邪悪な植物』によれば、アヘンは幸福感をもたらすが、呼吸器系を鈍らせ、昏睡状態に陥らせる危険をともなう。数粒の種子が乗っているあんパンですら、二、三個食べると薬物テストで陽性反応が出る場合があるという。

今では日本をはじめ大半の国で阿片の栽培は禁止されているが、一九世紀には野放し状態で、はまってしまう芸術家も少なくなかった。フランス象徴派の詩人ボードレールもその一人で、『阿片吸飲者』でその状況を告白し、「阿片の逸楽」を詳細に分析している。

「彼の頭脳に垂れさがっていた深い悒鬱の雲は魔法によって消えるように、一日で消え失せた。精神が活潑に働くようになったし、幸福を再び信じることができるようにもなった」（渡辺一夫訳）

もとよりこうした幸福感は、常用するにつれて恐ろしい肉体的精神的苦痛に変わる。

同じく当時流行していたハッシシュ（大麻）は、ナポレオンのエジプト遠征によってもたらされた。一八四四年には、二〇代前半のボードレールが住んでいたサン・ルイ島アンジュー河岸のピモダン館で「ハッシシュ吸引クラブ」が創設された。一八四五年一二月二二日、小ロマン派の詩人テオフィール・ゴーティエは、主宰者の画家ボワサールから招待されてピモダン館に出かけていき、ハッシシュ体験をレポートしている。

小説仕立てのレポート『ハッシシュ吸引者倶楽部』によれば、ルイ一四世時代の貴族ローザンが建てた館の階段をのぼり、大きな部屋に足を踏み入れると、「二世紀ほど逆戻りしたような」気がした。タイトルは吸引となっているが、ハッシシュは食するらしい。

医者が食器台のそばに立っていた。台の上には、日本製の陶器の小皿が載った盆が置いてある。彼は親指ほどの大きさの緑がかった捏粉かジャムのような物を少量、ガラスの壺から篦《へら》で掬《すく》っては、それぞれの小皿の上の銀メッキの匙の横に置いた。

医者の顔は上気して輝き、眼は燦めき、頬骨は赤らみ、こめかみの静脈は浮き出して、その広い鼻孔は力強く空気を吸い込んでいた。

「これには、あなたの天国行きの分までは含まれていませんよ」と彼は、私の服量分を差し出しながら言った。（店村新次、小柳保義訳）

夕食の終わりごろ、ゴーティエの味覚は完全に逆転していた。水はこってりした酒のように感じられ、肉は木苺に変わり、逆に木苺は肉に変わる。まわりの人々も奇怪なようすになり、鼻は象のようにのびて、口は鈴の裂け口のようにすぼまり、顔全体が超現実的な様相を呈してきた。

同じときクラブを訪れた文豪バルザックには、ハッシシュはあまり効き目がなかったらしい。彼自身の手紙によれば、さほど幻覚は体験しなかったが、それでも「妙なる調べを耳にし、この世のものならぬ絵を目のあたりにしました。ローザンの階段を下りるのに二〇年くらいかかった気がしますが、私はサロンの金箔張りと絵画が信じられない光輝のなかにあるのを眺めていました」という。

ひと世代あとになるが、一八七一年秋、ヴェルレーヌを頼ってパリに出てきたランボーも、カルティエ・ラタンの異人館でハッシシュ体験をしている。

ボードレールはハッシシュにはさほど惹かれず、むしろ吸引している人々を冷静に観察するほうだったが、阿片には夢中になり、『悪の華』におさめられた「夕べの諧調」では、視覚、嗅覚、聴覚など五感がさまざまに照応しあうさまを詠んでいる。

今おとずれるこの時に、かよわい茎に身を悶え
花々は香炉のように溶けながら、
響《ひびき》も薫りも夕べの空にめぐり来る、
――憂いは尽きぬこの円舞曲《ワルツ》、眩《くるめ》くような舞心地！――（福永武彦訳）

この詩にヒントを得たドビュッシーのピアノ曲「音と香りは夕暮れの大気に漂う」にも、妖しげな雰囲気が充満している。ワルツを拡大した五拍子のリズムでふわっと浮き上がり、低音部でうごめき、かと思うと竜巻のように激しく渦を巻いたり――。

そのエキゾティックな作風から「イギリスのドビュッシー」と謳われたシリル・スコット（一八七九～一九七〇）も阿片吸引者だったのだろうか。『ポエム』と題された彼のピアノ組曲には、その名も「ポピー（ケシ）」という小品があり、曲の前に作曲家自身による詩が置かれている。

愛らしい赤のあいだに伸びたひとひら青白い罌粟の花を
手にとりそのつややかさに心底浸り
青ざめた花びらをむしり香りが漂うとひらひら落とし
すべてを包む迷宮に沈みこみ眠りに落ちる（高橋悠治訳）

スコットはオカルティズムに凝っていた。一九一四年にロンドンを訪れ、たまたまスコット家の真向かいに滞在した音楽評論家、大田黒元雄によれば、家は黒いカーテンで覆われ、天井には星座が投影され、室内には禍々しい香りがたちこめていたという。

一八世紀ロココの作曲家フランソワ・クープラン（一六六八〜一七三三）のクラヴサン曲『ケシ』も、摩訶不思議な作品だ。めまいを誘うような音のからみあい。とくに後半部分、絶えず半音階でずり上がっていくところなど、何だかドロシーちゃんのケシ畑を散歩しているような気分になってくる。

松雪草

松雪草の英名はスノードロップ（雪の雫）。雪の間から顔をのぞかせる。

アダムとイヴが楽園から追放されるとき、たまたま雪が降っていた。悲しむイヴを見た天使は、冬がすぎれば春が来るからとなぐさめ、舞い落ちる雪のひらに息を吹き込んだ。すると、乳白色のマツユキソウが咲き出したという。

マルシャークの童話劇『森は生きている』は、そんなマツユキソウを、是非とも冬の間にほし

いと思った小さな女王の話である。

両親に先だたれた一四歳の女王は、わがままいっぱい。新年までにかごいっぱいのマツユキソウを持ってきた者には、同じだけの金貨を与えるというおふれを出す。

それをきいた老婆が、欲に目がくらんでまま娘を森にやった。娘は、一二ヶ月の兄弟たちが一堂に会しているところに行きあう。けなげな娘の願いをきいた四月は、前の三つの月に頼んで、一時間だけマツユキソウを咲かせてくれる。

それぞれの月が長い杖で地面を叩くと、季節が移り変わっていくさまは壮観だ。三月が叩くと雪どけがはじまり、木々に芽があらわれる。四月が叩くと、土は若草におおわれ、うす青色や白い色の花があらわれる。

娘は、歓声をあげる。


あたし、こんなにマツユキソウがあるの、一度も見たことがないわ。それに、どれも大きくて、くきにはやわらかい毛がはえていて、ビロードのようだし、花びらは水晶のようなの。（湯浅芳子訳）

四月の精は娘に指輪を渡し、何か困ったことがあったら呪文を唱えながらこれを投げなさい、助けに行くからとおまじないの言葉を教える。

別れぎわ、一月は娘に言う。お前は一番近道をして、わしらのところにやってきた。しかし、他の者は長い道を、一日一日、一時間一時間、一分一分と歩いてやってくる。それが本当なのじゃ。この道は、ゆるされない道なのじゃよ。今日のことは誰にも言ってはいけない。

どこか『シンデレラ』を思わせるストーリーだ。娘からマツユキソウを取り上げたまま母は、実の娘と宮殿に出かけていく。しかし、マツユキソウをどのようにして見つけたのか、花が咲いている場所に案内しろと問い詰められて、しどろもどろになる。母娘を宮殿に留め置いた女王は、かわりに娘を召還し、森に連れていく。

しかし、一月の精に口止めされている娘は頑として答えない。かっとなった女王が娘からとりあげた指輪を放り投げると、はげしい風と吹雪が巻き起こり、季節が春から夏、夏から秋へと目まぐるしく変化していく。

物語の終わり、一二月の精たちは娘に橇とドレスをプレゼントし、彼女は美しい姫君の姿になる。ちょうどガラスの靴をはいたシンデレラのように。

二〇二一年二月、東京にコロナ感染拡大にともなう緊急事態宣言が発令されていた時期に、世田谷パブリックシアターで林光の『森は生きている』が上演された。

主催はオペラシアターこんにゃく座。一九九二年に初演されて以来、ピアノ一台による音楽で上演されてきたが、二〇〇〇年にびわ湖ホールでとりあげられることになり、林の監修のもとに吉川和夫が室内オーケストラの形に編曲した。二〇二一年もこの形で、長年ピアノを担当してきた寺嶋陸也の指揮で上演された。

「こんにゃく座」は、藝大の体育の授業の一環で全科の学生に実施していた「こんにゃく体操」からきているらしい。

全学生必修なので、もちろん私も体験している。正門近くにあるレンガづくりの「体育館」に行ってみると、黒シャツに豹柄のパンツをはいた黒めがねのかっこいい先生（考案者の宮川睦子さん）が出てきて、いきり身体をくにゃくにゃさせ、その通りにしなさいと命令する。全身の力を抜いてぴょんぴょん飛ぶと、各関節がぶらぶらする。動作が固まってしまうのは、脱力ができていないせいだと言われる。

腰をぷるんとふると、腕が胴体に巻きつく。これもやはり、うまく巻きつかないのは関節が固まっているせいだ。

緊張—弛緩の体操もあった。中腰で背筋をぴんとのばし、左右の腕ものばす。先生が「手首！」と命令すると手首から先だけ脱力する。つぎに「ひじ！」と言われる。これがむずかしい。肩からひじまでの筋肉を緊張させ、そこから先を脱力させる。緊張が十分でないとひじの位置が下がる。そのままの姿勢で左右に動く。脱力が十分でないとひじから下が硬直して動かない。

脱力はどんな楽器の演奏にも必要不可欠だが、とりわけ声楽家にとっては重要だろう。一九六五年に、声楽科の有志六名によって「こんにゃく体操クラブ」というのが結成されたらしい。学内の芸術祭でプッチーニの『ラ・ボエーム』や林光の『あまんじゃくとうりこひめ』を上演。一九七一年、有志八名によって日本語が明瞭に聞き取れるオペラをめざして「オペラ小劇場こんにゃく座」を結成したとある。

私が藝大に入学したのが一九六九年だから、体育の授業で「こんにゃく体操」を知ったのもその年。翌年、同級生に誘われて「こんにゃく体操ゼミナール」に参加。のちに「こんにゃく座」でピアノを弾くことになる一級下の志村泉さんも参加していた。

同級生と私と志村さんだけがピアノ科。あとのメンバーは声楽家だった。きっと、一年後に「こんにゃく座」を結成することになる有志八名が主要メンバーだったのだろう。

私は一年だけで抜けてしまったが、一九七四年、私が大学院二年生の年に本格的な旗揚げ公演をおこない、自作の『あまんじゃくとうりこひめ』を観にきていた林光が音楽監督として迎えられたという。

いわゆるグランドオペラというと、フル・オーケストラをバックに朗々と声を響かせることが求められる。はじめに声ありきで、ディクションがゆがめられたり、不明瞭になることも多い。歌だけでは何をしゃべっているのかわかりにくいので、日本語のオペラですら字幕をつける。観ているほうは、いっぽうで舞台上のドラマを観て歌を聴き、いっぽうで字幕を追うので集中をさまたげられることも多い。

しかし、まだ「体操クラブ」のころから日本語が明瞭に聞き取れるオペラをめざした「こんにゃく座」の上演には字幕はない。なくてもドラマはしっかり把握できる。

グランドオペラではアリアの他に話すように歌う「レシタティーヴォ」があるが、「こんにゃく座」では普通にせりふをしゃべる。歌、ときどきせりふという感じで、せりふ、ときどき歌というミュージカルとも違う。

私が世田谷パブリックシアターで観た『森は生きている』にも字幕はなかった。

両端に巨木が立ち、ステージに斜めの道が交差しているだけの簡素な舞台で、オケピットにはフルート、オーボエ、クラリネット、ファゴットの木管楽器にヴァイオリン、ヴィオラ、チェロ、コントラバス、打楽器、そしてピアノが並ぶ。

時は一二月三一日の大晦日。森の動物たちが登場し、楽しげに遊ぶ。尻尾の長いリスたちはすばやく木の上に登ってしまうが、尻尾の短いウサギは乗り遅れて落ち込む。言葉がはっきり聞き取れるので、コミカルなやりとりに客席から笑いが漏れる。

やがてオオカミが人間の匂いをかぎつける。まま母に言われてたきぎを集めにきた娘があまりの寒さのために動けなくなっているのだが、木の上からその様子を眺めるカラスは気のせいだと言ってごまかす。

動物たちのレスキュー隊で元気になった娘は兵士に出会う。兵士はたきぎ集めを手伝い、娘はお礼に森で一番立派なモミの木の場所を教える。

モミの木は、わがままな女王さまの新年のお祝いのために伐採されるという。

次の舞台は、その女王さまが住む御殿の中。教育係の学者が、勉強の途中で消えてしまった女王さまを捜してうろうろしている。頭はよいのだが、わざと間違えた解答で先生を翻弄したりする困った生徒なのだ。

ようやくあらわれた女王さまは、書き取りをするのに飽きてしまって、おもしろい話をねだる。学者が一年の一二ヶ月の話をすると女王さまは、今すぐ四月に咲く松雪草がみたいと無理難題を出す。そして、かごいっぱいの松雪草を集めてきたものがいたら、かごいっぱいの金貨を与えるというおふれを出させる。

こうして、まま母に命令された娘が、咲いてもいない松雪草を捜すために再度厳寒の森に出かけるというわけだ。

林光の音楽はさまざまな手法をもりこみつつ、あくまでも平易に物語に寄り添う。まま母とその娘が知りもしない松雪草のありかを説明するくだりでは、モーツァルトの『ピアノ協奏曲第二〇番ニ短調』の序奏に似た音楽が流れ、不安をかきたてる。

女王が松雪草を求めて森に向かうシーンでは、「ソリの歌」が彼女の浮き浮きした気分をかきたてる。「町の飾りも教会の塔も、あっという間に後ろの方へと飛んでいく」と歌うと、学者が「あれは、飛んでいくのではない。私たちが速く前に進むので止まっているのに飛んでいくように見えるのだ」と交ぜっ返す。「右に大きく傾くと身体も橇から飛び出して」という部分では、「それでも飛び出さないのは、遠心力というものが働くからだ」と分析的な意見を述べる。

一二月の精たちがたき火のまわりで「もえろ　もえろ　あざやかに」と歌う『一二月の歌』はしばしば単独で演奏される。

オペラの最後で歌われる『森は生きている』には、こんな歌詞がみられる。

森は生きている　風だって　雲だって　小川のせせらぎだって　生きている　森は生きている　氷にとざされた　マツユキ草だって　生きている。

一二の月にちなんだ小品を集めたチャイコフスキーの組曲『四季』でも、「松雪草」は四月に置かれている。

ロシアの自然と民衆の生活に取材しており、一月は厳しい冬の中での家庭の団欒風景を描写した「炉端で」、二月は賑やかな祭りを描いた「謝肉祭」、三月は春のめざめをあらわす「雲雀の歌」。

四月の「松雪草」は、ふんわりした変ロ長調八分の六拍子。波打つ左手の伴奏に乗って、最初はおずおずとためらいがちに、やがてのびやかに旋律が歌われる。

しなやかな中にも勁さを感じさせるモティーフ。ちょうど、雪の間からやっと顔をのぞかせたスノードロップのように。

白木蓮

仏文学者堀口大学（一八九二～一九八一）は、父方の祖父青柳瑞穂の翻訳の師であり、骨董収集仲間でもあった。

第一書房から刊行された堀口の訳詩集『月下の一群』（一九二五）は、祖父はじめ当時の仏文科の学生のバイブルだったことだろう。

「序」をみると、最近一〇年間の訳詩から、約半分にあたるフランス近代詩人六六人の作品三四

○篇を選んだとある。
「仏国に於ける近代詩の黎明とも云ふ可き、ボオドレエルから、ヴエルレエン、マラルメを経て近く大戦後の今日に到る最近半世紀の仏蘭西詩歌の大道に現れた詩人及びその作品を、私の詩眼で評価し選択して作られたのがこの集である」

集中、レミ・ド・グールモン（一八五八〜一九一五）に多くのページが割かれているのが目をひく。最も多いのがアポリネールで三五篇、ついでフランシス・ジャムの三一篇。グールモンは第三位で、実に二六篇が訳出されている。

有名どころだとコクトーがわずか一〇篇、ヴェルレーヌは九篇、ヴァレリーは六篇、マラルメは三篇、ボードレールに至ってはたった二篇しか訳されていないのに。

グールモンについで多くが翻訳されているポール・フォールに、その名も『ルミ《（ママ）》・ド・グウルモン』という詩がある。

小さな試金石にすりつけて
うたがはしい金銀を験《ため》すやうに
彼はすべてを試《ため》したのだ

「美」を「牧神《パン》」を「聖《サン》ポオル」を「聖《サン》テエクル」を
「恋」を「言葉」を「真実」を
世に類なく上品な彼の微笑にすりつけて。

グールモンは大変な碩学だった。フランス文学者倉智恒夫は彼の風貌を「黒い僧服を纏って「実験室」と称する書斎に閉じ込もり、古今の書籍にとりかこまれ、終日百科全書的な知識の集積とその解体作業に没頭している文人」と総括している。

ノルマンディの貴族の家系に生まれ、文学に専念する決心をして二五歳のときパリに上京し、BNF（フランス国立図書館）の司書に就任する。

パリ二区のなつかしい図書館だ！ 今は電脳化された一三区のミッテラン図書館が主流だが、私がドビュッシーで博士論文を書いていたころのリシュリュー館（旧館）はすべてがアナログだった。頭文字で調べたい作曲家や作家の引き出しをあけ、おびただしいカードをひとつひとつめくって資料の請求番号を検索する。手書き文字が読みにくかった。

リシュリュー館の起源は一三六七年に創立された王室文庫だという。丸天井のてっぺんまで五階ぶんぐらいがすべて書架で、羊皮紙の背表紙に金文字の古書がぎっしり詰まっていた。両側には階段がついていて、目的の本棚まで上っていけるようになっている。

ここにある本を全部読み尽くすには、いったい何億年かかるのだろうと考えたら、気が遠くなりそうになったことをおぼえている。

グールモンは、まさにこの書物の宝庫で中世から同時代まですべての文学を読破したのだが、『玩具の愛国心』という詩を書いたために上司に嫌われ、図書館を解雇されてしまう。

隠遁生活にはいったグールモンは、サン＝ジェルマン・デ・プレの自宅を国立図書館なみの書庫にする野心をいだいてセーヌ河岸の古本屋をまわり、書斎はもとより廊下からサロンまで、天井に達するほどの本の山を築いたという。

そんなグールモンを念頭に置いたと思われるのが、庄司薫の青春小説『白鳥の歌なんか聞えない』だ。

主人公の薫は大学受験に失敗した浪人生。サクラ咲かなかった春、小学校からの同級生の由美が、「斎藤さんちのモクレンが咲いたの」と誘いにやってきた。

彼女は、薫の家付近一里四方ぐらいの花分布に詳しく、毎年、野村さんちのナシの花とか、川添さんちのキリの花とか、咲いたから見に行こうと嬉しそうにやってくる。

斎藤さんの家が近づくと、塀の上に高さ五メートルはありそうなハクモクレンが、若い孔雀が初めて羽根をひろげたように開きかけの花をいっぱいにつけているのが見えた。

ぼくたちは、道をへだてた反対側のうちの塀に、背中をくっつけるようにして並んでもたれかかり、しばらくうっとりと、このぼくたち二人の春のしるしともいうような柔かく若々しく美しいハクモクレンに見とれた。

なじみのおしるこ屋さんに寄った帰り、二人は小沢さんというカッコいい女性に会う。由美の先輩で、彼女が進学予定の大学に在籍する小沢さんは、半月ほど前から、近くに住む祖父の家に、蔵書の整理のために住み込んでいる。

小沢さんの祖父の家は、コデマリの生垣をぐるりとめぐらした大きな屋敷だった。小沢さんに誘われて薫が訪問してみると、広く暗い玄関の右手に巨大な図書室があった。

ちょっとした図書館の書庫と同じくらいの規模で、ほとんど天井に届くほど高い書架には、上の方の本を取るために高さのちがう二つのハシゴがかけられている。

上から下まで並べられた本のほとんどは原書だった。英独仏伊はもとより、ギリシア、ラテン、それにロシア語にスペイン語に漢文にパーリ語まで。部屋の奥には、同じような巨大な書架が何列もつづいている。

これらの本たちをほとんどすべて読破し、線を引いたり注釈をつけたりした小沢さんの祖父は、重い病で死にかけているらしい。

「知識って、なんのためにあるのだろと思う？」

二列目と三列目の書棚の暗い本の谷間の中で、小沢さんはこんなことを言う。

「彼はもうじき八十歳になるのよ。この本をみんな読んだなんてことだけでなく、ほかにも音楽でも美術でもおシャレでも食物でも、なんでも知らないものはないと思うくらいね。知っているとかいないとかいうより、どういうのかしら、見えてしまう。ものが見えてしまう」

そうしたものすべてが彼の死とともに消滅してしまう。小沢さんはいいしれぬむなしさを「沈んでいく大きな夕日に向って草笛を吹くような気持」と表現する。

小沢さんの手伝いで祖父の本の整理をはじめ、ついで看病するようになった由美は、すっかりこのむなしさに感染してしまい、死について語るようになる。ついに彼に会うことがなかった薫は、自分をとりまく世界が一変したことを感じる。

若く、人生の出発点に立ったばかりの若者が、何人ぶんの生涯を足しても足りないほどの知の巨人に出会い、無力感を味わうとともに、そんな存在すら無に帰してしまう「死」という現実に直面し、なすすべもなく立ち尽くす。

何となく、わかるような気がする。

祖父が亡くなり、小沢さんがコデマリの生け垣の家に消えたあと、薫は六日ぶりに斎藤さんの家のモクレンを見にいく。樹全体が巨大な白い花のように、夜の闇に浮かびあがってみえた。衝動にかられた薫は、漆喰の壁をよじのぼり、ハクモクレンの枝を折りとると由美の家に持っていく。閉まっている門の鉄柵越しに差し入れ、門のまんなかに立てかける。

まだ電気がついている二階の部屋の窓があいて、由美が顔を出さないか……などと考えながら。

庄司薫といえば、芥川賞を受賞した『赤頭巾ちゃん気をつけて』が、野崎孝訳のサリンジャー『ライ麦畑でつかまえて』に文体からプロットからよく似ていると噂されたことがあった。そんな目で見ると、『白鳥の歌なんか聞えない』に出てくる、といっても、語られるだけで登場しないにもかかわらず登場人物たちを支配している「知の巨人」のイメージは、もしかするとレミ・ド・グールモンかもしれない、とも思う。

そしてまた、グールモンの短編集『不思議な物語』には、死の影を湛えた「白木蓮」という掌編があるのだ。

悲しみの家の中庭に、だれが植えたとも知れぬ白木蓮の木があった。

この不可思議の木は、轟然たる噴水と見まがうばかりにそびえ立ち、春には、さらに秋にも、その中で一面にほころぶ花の姿が睡蓮の聖なる開花にやや似た。そして生命《いのち》は、肉置《ししお》き厚い花冠の、雪をあざむく純白の中、一滴の血の色によって示されていたのである。（月村辰雄訳）

家には、アラベルとビビアーヌという二人の女性が住んでいた。アラベルは若く美しく、ビビアーヌは老残の身をさらしていた。

ある朝、二人は家を出ると、白木蓮の木の下で立ちどまった。

花々は咲ききっていたが、ひとつだけ、まだ開花していない花があった。宝玉のような卵型をえがいて浮かびあがる、純潔のつぼみ。もうひとつだけ、色褪せてしぼむばかりの花もついていた。この二つの花を、アラベルは自分たち姉妹の象徴のように思った。

その日は、アラベルの婚礼の日であった。しかし、婚約者は死の床にいた。結婚式をとりおこなうために司祭が呼ばれたが、同時に終油の秘蹟もさずけなければならなかった。

断末魔の息の下で、新婚の夫はこう告げる。

夕刻、白木蓮の木の下で君を待つ。アラベル、君が、私の愛よりほかの愛を知ってはならないのだから……。

こうしてアラベルは寡婦となり、夜ごと、花落ちた白木蓮の葉の間にあらわれる夫の影におびえた。

あるその風の晩、ビビアーヌは白木蓮の木の下で倒れているアラベルを発見した。掌には、色褪せた白木蓮の花が固くにぎりしめられていた。

グールモンは、カーン大学で法律を学ぶかたわら文学修業と女性との交際に明け暮れたが、二四歳のとき、結核性狼瘡にかかって非常に醜い顔になったため、一匹の黒猫とたくさんの本とともに自宅に閉じ籠もり、ごく親しい友以外は誰ともつき合わなかったという。

パリに出て司書になったのも、そのことが関係しているのかもしれない。

女性に対しても懐疑的になった。男女の愛に精神的なものを認めず、動物的な側面を強調し、ときにその原罪を糾弾するような姿勢をとったのも、彼の複雑な心情をあらわしているのだろう。

堀口大学の『月下の一群』には、グールモンの「毛」という詩が収録されている。

シモオン、お前の毛の林のうちに
大きな不思議がある。

お前は乾草《かれくさ》の匂ひがする、
お前は獣が寝たあとの石の匂ひがする、
お前は鞣皮《なめしがは》の匂ひがする、

お前は篩《ふる》い立ての小麦の匂ひがする、
お前は薪の匂ひがする、
お前は朝毎に来る麵麭の匂ひがする、
お前はくづれた土塀に沿ふて
咲いた花の匂ひがする。（後略）

グールモンにはシモオンに呼びかけた詩が何篇かあるが、これは特定のモデルがいるのではなく、原存在としての女性のイメージらしい。いっぽうで、「妖精物語」という副題をもつ小説『サンギュリエ城』には、男性でも女性でもない、大理石の彫像のような女王ユラートを登場させている。晩年には、レズビアンとして知られたナリターリ・バーネイと交際し、充たされぬ情念の苦悶をつづる『アマゾーヌへの手紙』も出版した。

一九世紀末は、とりわけ眉目秀麗なダンディがもてはやされた時代である。そんななか、花のさかりの年齢で突然蟄居を余儀なくされた作家の悲しみが、しおれた白木蓮の花に託されているような気がしてならない。

♪

歌謡曲やポップスではスターダスト・レビューの『木蓮の涙』はじめ何曲か白木蓮の歌があるらしいが、クラシック音楽には白木蓮を扱ったものは見当たらない。ドビュッシーの年下の友人だったアンドレ・カプレ（一八七八〜一九二五）の歌曲集にグールモンの詩につけた『古い小箱』がある。最後の「森のみたもの」という歌曲を聴いてみた。

ドビュッシーを思わせる和音の連続にのって、「おお森よ、お前は恋人たちが通り過ぎるのを見た」ではじまる一節がゆったりと歌われる。

お前の小径を辿り、お前の深い木陰を行くのを。
戯言の誓いや、嘆きや、愛の約束を、恋人たちの激情の告白を目にした。

次の節からピアノは流麗なアルペッジョになり、歌は「思い出しておくれ、かつて来た者を、ある夏の日に、お前の苔と草とを踏みしめた者を……」と情熱的に歌う。

第三節はさらに高揚し、ピアノのダイナミックな間奏のあと、第二節の前半がリフレインされ、「緑の羊歯のつくる淡い色の大海原を」という一句でしずかに終わる。

桜

――来年は生きてこの桜を見られるだろうか。

作家にして仏文学者の出口裕弘さんを囲む編集者たちのお花見の会、深大寺のしだれ桜を見ながら、その人は呟いた。

それからまもなく、その人は咳をするようになった。「風邪がなかなか抜けなくて」とぼやいていたが、あるとき、エディター検診に引っ掛かったと電話してきた。

「食道に何かできている。で、どうもツラが良くないらしい」

細胞のツラがよくない、というのは医者がよく使う表現だ。正常な細胞は表面がきれいだが、悪性のものはギザギザしているらしい。

私が絶句していると、「まぁ、すぐには死なないよ」と追い討ちをかけられた。

その人は、私の文筆活動の生みの親だった。東京藝大の博士課程でドビュッシーの論文を書いたものの、世はサティとマーラーの時代、本はなかなか出なかった。

出版界では無名に近い私を、鹿島茂さんはじめ名だたる海外文学者の方々に紹介してくださったのもその人だった。新宿の文壇バーで開かれた「学魔」こと英文学者の高山宏先生の懇談会に連れて行ってくださり、当時私が『EQ』というミステリー専門誌に連載していたエッセイのことを話題にしてくださった。そうしたら、高山先生のお弟子さんで国書刊行会につとめる編集者の方が手を挙げてくださり、『ショパンに飽きたら、ミステリー』が刊行されることになった。

初版部数も新人にしては破格の扱いだった。本は話題を呼び、今度はその人のお友達がつとめる白水社で恩師安川加壽子先生の評伝『翼のはえた指』を執筆する運びになり、吉田秀和賞を受賞して仕事がつづくようになった。本が出るたびに、やはりその人のお友達の文芸評論家の方々が新聞や雑誌に書評を書いてくださった。

深大寺に花見に行った翌春、その人はもう一度桜を見ることができたが、病院から奥さまの車でドライブし、車窓からの花見だった。そして、まもなく帰らぬ人となった。

最後に見舞いに行ったとき、もう意識がなかったが、かねてから相談していた『水の音楽』という本がみすず書房から出ることになり、そのことを告げたら親指と人指し指でマルをつくってくれた。

満開の桜を見たとき、なぜ、一年後に生きているかと自問自答したのだろう。すでに病気を予感していたのか、自分の生命力の衰退を予知していたのか。

「櫻の樹の下には屍体が埋まっている！」と書いたのは梶井基次郎だが、あまりに咲き誇る桜は不吉なものを感じさせる。


一体どんな樹の花でも、所謂《いわゆる》真っ盛りという状態に達すると、あたりの空気のなかへ一種神秘な雰囲気を撒《ま》き散らすものだ。それは、よく廻った独楽《こま》が完全な静止に澄むように、また、音楽の上手な演奏がきまってなにかの幻覚を伴うように、灼熱した生殖の幻覚させる後光のようなものだ。それは人の心を撲《う》たずにはおかない、不思議な生き生きとした、美しさだ。

しかし、桜の花の美しさが見る者を少しも幸せな気分にせず、逆に言い知れぬ陰鬱さ、空疎さを与えることに気づいた著者は、こんなふうに想像してみる。

咲き乱れる桜の樹の、ひとつひとつの下にはひとつひとつ屍体が埋まっている。屍体はすべて腐乱して蛆が湧き、耐えがたい悪臭を放つ。それでいて、水晶のような液をたらたら垂らしている。

桜の根は貪婪《どんらん》な蛸《たこ》のように、それを抱きかかえ、いそぎんちゃくの食糸のような毛根を聚《あつ》めて、その液体を吸っている。

我が家の庭先の植木は、ざくろも山茶花もカエデも、ことのほかさかんに茂っているが、庭先は子供のころ飼っていた犬や猫の墓でもあり、養分を吸っているのだろうか。

柴田よしきの連作ミステリー『さくら、さくら』にも梶井の一節を下敷きにしたシーンがある。小夏は高校でいじめられたのをきっかけに引きこもりになった一九歳の女の子。ママと二人暮らしのマンションで料理係に専念している。そのママに恋人ができたらしい。外に出ることができない小夏は、親友の秋に頼んで男のあとをつけてもらう。

男ともう一人の「ヤのつく人」っぽい男が、川沿いの土手の一番大きな桜の木の下で立ち止まり、地面にかがみ込んだり足で蹴ったりしているのを見た秋は、てっきりその下に死体が埋まっていると勘違いしてしまう。実はママの恋人は刑事で、二人組で暴行事件の現場を検証していただけなのだ。

桜の下に屍体が埋まっている、というのを文字通りタイトルに使ったのが、太田紫織の法医学ミステリー『櫻子さんの足下には死体が埋まっている』だ。

北海道は旭川の旧家の庭には、樹齢一五〇年弱といわれるカエデと、同じぐらい長生きのハルニレ、そして、春になると見事な花を咲かせる桜の木が根を張っている。その庭は、「イルカ二頭とミンククジラの子供が一頭、ヒグマ一頭、鹿と馬をそれぞれ三頭ずつ埋めてもまだまだ余裕がある」ほど広い。

巨木に囲まれた洋館に住むお嬢さま、九条櫻子は、骨を組み立てる標本士であり、素人探偵でもある。ワトスン役は高校生の少年。いつも一方的に呼び出され、お嬢さまが骨格標本を作る手伝いをさせられる。

櫻子さんの叔父さんは大学の法医学教室で教鞭をふるっているので、さまざまなところから解剖を終えた動物の死体が持ち込まれる。骨標本が大好きなお嬢さまは、庭の離れに設置した業務用のガス台でそれらの動物を処理し、骨を抽出する。

彼女の手にかかると、どんな動物も丸裸にされて、白いカラカラの骨になる。それを彼女は丁寧に、一欠片《ひとかけら》も残さずに集めては、樹脂や接着剤などで組み立てて、綺麗《きれい》にガラスケースに収めるのだ。生きて動く物よりも、彼女はそういったガラスの中に閉じこめられた、物言わぬ白い者達を心の底から愛している。

鍋で煮られないほどの大物は土に埋めて骨になるのを待つしかないが、櫻子さんによれば、「時間がかかりすぎるし、なにより骨がバラバラになると組み立てる時に困る」そうだ。これが皆川博子だと行間から腐臭が漂ってきそうだが、太田紫織のあっけらかんとした語り口には少しも湿り気がない。

反対に、物語も文体も膿み崩れているのが、坂口安吾『桜の森の満開の下』だ。桜の花の下で人々が集って酒を飲むようになったのは江戸時代からのことで、以前は桜の木の下には人気《ひとけ》はなく、人気のない桜の下は恐れられていたので、なおさら人気がなくなったと安吾は主張する。

能にも、さる母親が愛児を人さらいにさらわれて子供を探して発狂して桜の花の満開の林の下へ来かかり見渡す花びらの陰に子供の幻を描いて狂い死して花びらに埋まってしまう（このところ小生の蛇足）という話もあり、桜の林の花の下に人の姿がなければ怖しいばかりです。

能とは、おそらく『桜川』なのだろうが、筋はずいぶん違う。日向の国に生まれた桜子という子供（少年）は母の困窮を見かねて東国の商人に身を売ったのであり、息子の手紙を読んだ母は我が子を探す旅に出る。三年後、常陸の国の磯部寺の僧たちは、桜川で女の物狂いが現れるというので、入門してきたばかりの稚児を伴って見物に訪れる。

物狂いとはくだんの母親で、自分の息子の名にちなむ桜を見て、風が吹いて花が散るのを阻止しようと、手にした網で水面の桜を救おうとする。女の狂う様子に興じていた僧たちは、「私が本当に探し求めている、愛しい桜子ちゃんはどこにいるの……」という女の言葉を聞いてもしやと思い、問いただすと、その稚児こそが息子であることが判明して、二人は再会を果たす。

こちらはハッピーエンドだが、安吾の小説はそれどころではない。

鈴鹿峠の途中には桜の森があり、花のない時期はよいのだが、花が咲くとその下を通る旅人はみな気が変になり、あわてて他の木のあるほうに急いだという。自然と人が避けるようになり、桜の森は街道をはずれて人っ子一人通らない場所になった。

この山に住む山賊だけは例外だったが、街道で情け容赦なく旅人の着物をはぎ、命を奪う彼でも、やはり桜の森の下にくると恐ろしくなり、気が変になった。

花の下では風がないのにゴウゴウ風が鳴っているような気がしました。そのくせ風がちっともなく、一つも物音がありません。自分の姿と跫音ばかりで、それがひっそり冷めたいそして動かない風の中につつまれていました。花びらがぽそぽそ散るように魂が散っていのちがだんだん衰えて行くように思われます。

安吾の『桜の樹の満開の下』は、一九四七年に雑誌『肉体』の創刊号に発表された。六年後、安吾は『西日本新聞』に寄稿された「桜の花ざかり」で原体験について語っている。

戦争の真ッ最中にも桜の花が咲いていた。当り前の話であるが、私はとても異様な気がしたことが忘れられないのである。

三月一〇日に東京大空襲が始まったころがちょうど桜が満開の折りで、亡くなった一〇万人近い人々を上野に集めて火葬したという。

我々は桜の森に花がさけば、いつも賑やかな花見の風景を考えなれている。そのときの桜の花は陽気千万で、夜桜などと電燈で照して人が集れば、これはまたなまめかしいものである。けれども花見の人の一人もいない満開の桜の森というものは、情緒などはどこにもなく、およそ人間の気と絶縁した冷たさがみなぎっていて、ふと気がつくと、にわかに逃げだしたくなるような静寂がはりつめているのであった。

「来年は生きてこの桜を見られるだろうか」とつぶやいた編集者も、この冷たさと静寂を感じたのだろうか。

♪

『さくらさくら』は日本古謡とされているが、実は幕末時代、子供たちの琴の手ほどき曲として書かれたという。宮城道雄はじめ何人かの作曲家が編曲を試みているが、平井康三郎の『幻想曲』はよく演奏される。和声づけされたさくらの主題が、シューベルトの変奏曲を思わせる分散和音で修飾され、さらに和太鼓を思わせるリズミックな変奏があり、琴を思わせるカデンツァ風のパッセージがあり、リスト風のオクターヴの連続のあと、旋律が回想されて五音音階のアルペッジョで終わる。

ソ連時代の作曲家カバレフスキー（一九〇四～一九八七）の『日本民謡による変奏曲』はもう少し現代的だ。テーマは低音と高音で奏され、烈しいスタッカートとオクターヴによって変奏され、オスティナートによって修飾され、四度の連続でふちどられ、ときおり不協和音もぶつけられる。

あまりノスタルジックな雰囲気はない。

カバレフスキーの二年後に生まれた日本の作曲家大澤壽人にもソプラノとオーケストラのための『桜に寄す』という作品がある。一九三〇年にアメリカに渡った大澤は、いち早くシェーンベルクの十二音技法を取り入れ、さらにフランスに渡ってナディア・ブーランジェに師事し、最先端の語法を学んだ。

一九三五年にパリで初演された『桜に寄す』は、日本古来の旋法から現代的な不協和音までさまざまな手法がミックスされている。「さくら」のメロディは断片的にしかあらわれないが、ソプラノのヴォカリーズやハミングが美しい。

私がよく弾くのは、ロシア系アメリカ人の作曲家レーラ・アウエルバッハ(一九七三〜)の『サクラの夢』。日本人録音技師の宮山幸久に捧げられたピアノ小品で、夢のような和声づけをされたサクラの旋律に次第に不気味な響きが混入し、中間部は暴力的な音楽になる。サクラのメロディはかなり気をつけていないとたどれないが、弾きすすむにつれて徐々に雑音が消え、再び透明な響きのなかでテーマが回想され、無限の余韻を残して終わり。したたかな書法だ。

二〇一六年に「東京・春・音楽祭」に招かれたとき、上野公園の桜に魅せられて作曲、アンコールで初演された。アウェルバッハはハンブルクのノイマイヤー・バレエ団から委嘱される作曲家であり、すぐれたピアニストでもあるが、同時にすぐれた詩人でもある。彼女がトルストイなど文豪によるピアノ曲アルバムのプロモーションで来日したとき、ピアノ雑誌から頼まれてインタビューしたことがある。

編集部から、こんなことを聞いてくださいと頼まれた。

「作曲と詩作、ピアノ演奏……多方面のことをされていて大変ではありませんか？」

しばらく黙っていたレーラさんは、おもむろにこう語った。

「すべては同じものからきています。ポエジーに音高とリズムがつけば音楽になり、言葉と韻律をともなえば詩になる。別々のことをやっているという意識はありません」

私もまったく同感だった。

睡蓮

父方の祖父、青柳瑞穂は永井荷風の系列に連なる火宅の文学者。私が今も佇む杉並区阿佐ヶ谷の家は、井伏鱒二や太宰治、上林暁、木山捷平、外村繁ら界隈の貧乏文士たちのたまり場だった。戦後の食料難の中、筆一本で生計を立てるのは並大抵ではない。文士の妻たちの中には精神を病み、病に倒れる者もいたが、祖母もまた、夫の美食趣味と骨董収集に起因する浪費癖に疲れ果てて自ら死を選んだ。心がすさんだ祖父は、畳からススキの生えた家に飲み屋の女性たちを連

れ込み、そのうちの一人が居すわって後妻におさまった。

母方の祖母、宿南《しくなみ》八重は明治のモラリスト・グループの仲間うちにいた清純な女性。京大医学部に学ぶ兄昌吉を慕い、阿部次郎はじめケーベル門下の前途有望な青年たちに求婚されながら身を守り、兄の死後は遺言によって結婚して母を生んだ。

自分の家系にうんざりした父が、真逆の家系の母に惹かれて結婚した結果、娘の私には二つの相反する血が流れることになった。

だからなのだろうか、アンデルセンの『沼の王の娘』には妙に親近感をおぼえる。

童話にしては長編で、舞台もバイキングが跋扈していた時代のデンマークからアフリカ大陸のエジプトまでダイナミックな拡がりをみせている。というのも、語り手のコウノトリが、冬の間はエジプトの王様の家、夏の間はユラン半島の沼地に住むバイキングの家に巣をつくるからなのだが。

コウノトリのお母さんが三階建ての家の屋根のてっぺんで卵をあたためていると、沼から帰ってきたお父さんがプンプン怒ってこんな話をする。

冬の間にお世話になっているエジプトの王様の娘たちが、お父さんの病気をなおす花をとるために、白鳥に姿を変えて沼地にやってきた。アシの茂みと緑の泥沼の間に大きなハンノキの幹が横たわっている。白鳥たちはその上に舞いおり、そのうち一羽が毛皮を脱いだと思うと一人の美しいお姫さまの姿になった。お姫さまは自分が沼にもぐって花を摘む間、白鳥の衣の番をしていてほしいと姉たちに頼んだ。しかし、姉たちは妹の衣をつかんで飛びあがると、空中でバラバラに引き裂いてしまった。

コウノトリのお母さんが恐ろしさにふるえながら、さらに話を求めると、お父さんはこんな風に語る。

「お姫さまは悲しんで泣きだしたよ。ところが、お姫さまの涙がハンノキの幹の上にころがり落ちるとね、それが急に、ぐらぐらっと動くじゃないか。そのわけは、そのハンノキは、実は、沼の底に住んでいる沼の王だったんだね。見ていると、その幹がくるりと裏返しになった、と思うと、もう、木の幹じゃなくて、長い泥だらけの枝が、まるで腕みたいにのびてくるんだ。

ハンノキの王は、お姫さまを沼の底にひきずりこんだ。

それから長い時がたち、ある日のこと、深い沼の底から一本の緑色の茎がのび、やがて水の表面に出ると一枚の葉をつけ、つぼみをつけた。睡蓮の花は太陽の光を受けてぱっと開き、中にエジプトのお姫さまそっくりの小さな女の赤ちゃんがすわっている。

コウノトリは南の国に飛び立つ時期なので、自分たちで育てるわけにはいかない。巣をつくっているバイキングの家には子供がいないことを思い出したお父さんは、赤ちゃんを連れて飛んでいき、眠っている奥さんの胸の上に置いて帰った。

　赤ちゃんは沼の王とエジプトのお姫さまの性質をふたつながら受け継いでいた。昼間は光の妖精のような美しい姿をしているものの、気性が荒く、夜はみにくいヒキガエルの姿に変わるが、気持ちはおだやかでいつもめそめそしている。

　これは二つの性質が、内と外とで、たがいに入れかわりになるためでした。つまり、コウノトリがつれてきたかわいい女の赤ちゃんは、昼間は、ほんとうのお母さんの姿をしていますが、そのあいだ父親の根性を持っているのでした。その反対に、夜がきますと、父親の血筋は、からだの形にあらわれますが、そのかわり、そのなかに母親のやさしい心の光がさしてくるのでした。

　女の子はヘルガと名付けられ、バイキングの自慢の娘として成長した。いけにえのために引き裂かれる馬の血を白い手でふりまくのが、何よりの楽しみだった。顔色ひとつ変えずにまっしぐらに走るはだか馬に乗り、育ての親があやつる船が岸に近づいてくると、峡湾の急流にとびこんで泳いでいったりする。

しかし、夕暮れになると急におとなしくなり、やがて巨大なヒキガエルに姿を変えると、育ての母親のそばに寄り添って、悲しそうな目でじっと見つめる。

ヒキガエルになったヘルガが、捕虜として連れてこられたキリスト教の修道士を救い、それをきっかけに呪いを解かれるシーンは、何度読んでも感動する。

アメリカの作家カレン・ディオンヌの『沼の王の娘』は、この童話のプロットを下敷きにしていて、各章の冒頭には童話の一節が引用されている。

主人公の名前は同じヘルガ。母親は一四歳のとき、人殺しをきっかけに沼地で暮らすようになったネイティブアメリカンの男に拉致監禁され、ヘルガを生んだ。「誘拐犯とその被害者の間にできた娘」は、カナダと国境を接するアッパー半島の沼地の、電気も水道もない小屋で育てられ、父親からあらゆるサバイバル技術を教えこまれることになる。

五歳の誕生日、母親は彼女にチョコレートケーキを焼き、古い寝間着を利用して人形をつくってくれたが、ヘルガが心惹かれたのは、父親からプレゼントされたナイフだった。両親の寝室のベッド下に革製のケースがあり、おびただしい数のナイフがはいっていた。

「一本選べ。おまえも大きくなった。自分のナイフを持ち歩いてもいい年頃だ」と言われたのはたった五歳の娘なのだが、ものごころついたころから父親に憧れ、ずっとナイフが欲しかったので、身体が熱くなるのを感じた。金色の柄と艶やかな木製の握りのついたナイフを選んだヘルガは、父と外に出て、罠にかかったウサギでナイフの切れ味を試した。

このあたりは、アンデルセン童話の昼間のヘルガそっくりだ。

夜のヘルガがヒキガエルの衣を脱ぎ捨てるきっかけをつくったのは、囚われの修道士だった。昼間のヘルガは、いけにえにされる修道士の血を撒き散らす役をやりたいと申し出て、ぴかぴか光る短刀をとぎはじめる。そばに寄ってきた犬の脇腹を突き刺す。

しかし、夜になってヒキガエルの姿に変わると、みずかきのついた手で重い門を引き抜き、地下の穴蔵に降りて囚人のそばにしのびよる。そして、短刀で囚人をしばっていた縄を切り、馬に乗せて逃亡の手助けをする。

カレン・ディオンヌの小説のヘルガが「沼の王」である父の行為に疑問をもつようになったのは、一一歳の夏のことだ。拉致監禁されてヘルガを生み育てながら、常に逃亡の機会をねらっていた母親は、夫の不在をみはからってカヌーを持ち出すが、戻ってきた夫に見つかり、顔を水の中に押しつけられて溺死させられそうになった。

それまではビーバーを水中にとどめて肢罠をかけるのが好きだったヘルガは、この事件をきっかけに、そうした行為に吐き気をもよおすようになった。理由もなく動物に罠をかけ、物置小屋を毛皮でいっぱいにする父の行為にも疑問をいだきはじめる。

ある日、父からシカ狩りに誘われたヘルガは、一頭の雄オオカミに遭遇し、ライフルで撃てと命令されながら、「物置小屋の毛皮の山」が脳裏に浮かび、撃つかわりに手を叩いてオオカミを逃がした。

父はヘルガの手からライフルをもぎとり、銃床で顔をなぐり、井戸の縦穴に三日間飲まず食わずで閉じこめた。

母を連れて沼地を脱出したヘルガは、文明社会に保護される。その後二年ほど、アッパー半島の荒野をさまよっていた父は、ついに逮捕され、児童誘拐、強姦、ならびに殺人の罪で終身刑を宣告される。

一五年後、移送中の看守二人を殺害した彼が、国立野生動物保護区に逃げこんだことを知ったヘルガは、父親を捕らえることができるのは、ほかならぬ父によって鍛えられ、父のやり方を熟知している自分しかないと、捜索に乗り出す。

アンデルセン童話のヘルガはあくまでも受け身で、ヒキガエルの姿でいる間に、バイキングの奥さんからキリスト教の信仰を教えられ、逃避行の間に修道士から説教をきく。美しい娘の姿に変わっているときに盗賊に出くわし、修道士と馬を殺される。再びヒキガエルの姿に戻ったヘルガは、水かきのついた手で土を掘り、修道士を埋めて木の十字架を建てる。そのうち手の水かきが抜け落ちて白いきれいな手になり、娘の姿になったヘルガは呪いから解かれる。

カレン・ディオンヌの小説のヘルガは、自分の中にせめぎあう二つの力を意識しながら、自分の意志でそれを克服しようと試みる。
父を発見し、父の胸に拳銃をつきつけながら、なおもこんなことを思う。

これだけのことをされてなお、父を愛している。今朝父を捜しに出たときは、父を刑務所に連れ戻したいのだと思った。その思いは変わらないが、いまは自分が思っていた以上に父との繋がりが深いことに気づいている。父を追った真の理由は、父が消えてしまうまえにもう一度、父に会いたかったからかもしれない。

しかし、とヘルガは思いなおす。家族のため、母のために、自分は父を殺さなければならない。
「なぜなら、わたしは沼の王の娘だから」

♪

ひとつ疑問がある。いったい、アンデルセンの「沼の王の娘」が座っていたのは、睡蓮の花なのか、それとも蓮の花なのか。童話の中ではスイレンと書かれている。しかし、以下の記述ではなんとなく蓮を連想してしまう。

深い沼の底から一本の緑色の茎がのび、やがて水の表面に出ると一枚の葉をつけ、つぼみをつけた。

睡蓮は水面に浮くように咲くし、蓮は茎をのばして咲く。もちろん、睡蓮だって水面下では茎がのびているのだが。

次の場面の描写は、やはり睡蓮にちがいないと思わせる。

スイレンの花が、花模様を織りこんだ絨毯のように沼の上にひろがりました。

しかしまた、次の記述では、もしかして蓮？　と思ってしまう。

緑いろのリボンというのは、緑いろの茎でした。そのはしの飾り結びは、光りかがやく花でした。この花こそ、今は美しい娘になって、ふたたびお母さんの胸にだかれているヘルガの赤ん坊の時のゆりかごでした。

おぞましい底なし沼とその上に咲く清純な花との対比は、芥川龍之介の『蜘蛛の糸』を思わせる。

お釈迦さまが散歩する極楽の蓮池の下はちょうど地獄の底に当たっていて、蓮の葉の間から三途の川や針の山の景色が覗き眼鏡のようにみてとれる。血の地獄でうごめいているカンダタという罪人が、あるとき蜘蛛を助けてやったことを思い出したお釈迦様は、蓮の葉の上にあった蜘蛛の糸を下に垂らしてやる……というのはよく知られた話だ。

カンダタは蜘蛛の糸を独り占めしようとしたため再び血の池に落ちる。

しかし極楽の蓮池の蓮は、少しもそんな事には頓着致《とんちゃくいた》しません。その玉のような白い花は、お釈迦様のお足《みあし》のまわりに、ゆらゆら蕚《うてな》を動かしております。そのたんびに、まん中にある金色の蕊からは、何ともいえない好い匂が、絶間なくあたりに溢れ出ます。

シリル・スコット（一八七九〜一九七〇）のピアノ曲に『ロータスランド』というのがある。クライスラーがヴァイオリン＝ピアノ版に編曲したので一躍有名になった。絶えず同じリズムを刻む和音に乗って、妖しげな旋律がさまざまに装飾されていく。クライマックスにはめくるめくカデンツァが挿入される。

作曲者の自演で聴くと、極楽というよりは地獄に近い音楽だ。

青サフラン

新型コロナウィルスが感染拡大し、二〇二〇年三月から半年間、すべての公演が中止または延期になった。あるものは一年後に再設定し、あるものは中止のかわりに動画配信の手続きがとられた。

二〇二〇年前半は、さまざまに方向の違うプログラムで多くの公演が予定されていたため、よほど覚悟せねばと意気込んでいたのだが、急にステージがなくなり、味わったのは喪失感……ではなく解放感だった。

ひとつには、私は演奏とともに文筆を生業としており、出版のほうはとくにコロナの影響は受けなかったこともあるだろう。秋に向けて単行本を一冊書き、連載を前倒しで一二ヶ月ぶん書いてしまったのも、自由に使える時間が増えたからだった。

弾くほうも書くほうも売れっ子にはほど遠い私だが、それでも馬齢を重ねるうちに少しずつ雑用が増えてくる。コロナのためにリモート会議のほかは義務もなくなり、久しぶりに無印の身軽さを自覚する。

ステージはなくなったが、少人数でおこなうレコーディングは中止にならなかった。コロナ前に一枚、少しおさまった六月と八月に一枚ずつ、一年に三枚収録したことになる。

朝起きて、少しレコーディングのプログラムを練習し、その日何も予定がないことを確認して執筆に必要な資料の山にとりかかるときの喜びは、何ものにもかえがたい。若かったころ、出版のあてもなくモノを書いていたときの感覚が蘇った。

そこで思い出したのは、エンデの『モモ』である。

主人公のモモは浮浪児で、ある都市の町はずれにある古代の円形劇場という、いわば現代の時間の制約を逃れた場所で暮らしている。

大きな都会の南のはずれ、市街地がつきて原っぱや畑がはじまり、家々のたたずまいもだんだんわびしくなってくるあたりに、松林にかくれるようにして小さな円形劇場の廃墟がありました。あのむかしのころでも、この円形劇場はけっしてりっぱなものの数のうちには入らず、いわばびんぼう人むきの劇場だったのです。

具体的な地名は書かれていないが、イタリアのどこか。挿絵には、笠型の松が描かれている。ぱっと思いつくのは、ローマ郊外の都市遺跡、オスティア・アンティーカだ。

マラリアで住民が死に絶えてしまった町全体が遺跡として残っている。町の外にはお墓が並び、門をはいると松林の中に大きな石畳みの道がまっすぐのび、周囲には住宅やお店の廃墟が見えてくる。公衆浴場の壁にはモザイク画が残っている。やがて、壮麗な神殿があらわれ、少し奥に円形劇場が。

名高い観光地ではないため、ほとんど人がいない。ポンペイのように施設ごとに門番が見張っていたりもしない。足の向くまま古代の世界を彷徨っていると、時間が止まったような不思議な感覚に襲われる。

モモも、そんな遺跡のひとつに住みついた八歳くらいの浮浪児だった。町の人々は、最初のうち、彼女を自分たちの社会に連れ戻そうと訪ねてきた。施設がイヤなら、自分たちの家に住んでもよい。でも、モモに会ううち、「ここに住みたい」という堅固な意志を知り、少しでも住みやすいように環境をととのえてやるようになった。

モモのところに通うにつれて、彼らは彼女の不思議な能力に気がついた。彼女には時間がたくさんあるので、それぞれの悩みをきいてやる。ただじっと黙ってきくだけなのだが、彼女に向かって話しているうちになぜか解決方法がみつかる。ケンカしている同士も、彼女の前で言い争いをしているうちにそのバカバカしさに気づき、仲直りしてしまう。

モモが、村人たちの変化に気づいたのは、時間を盗む灰色の男たちが暗躍しはじめて少したったころからだ。

たとえば、かいわいで評判の良い床屋のフージー氏。びんぼうでも金持ちでもなく、小さな店に使用人を一人置いていた。あるとき、ふっと「おれの人生はこうしてすぎていくのか」と疑問を持ってしまった。

「はさみと、おしゃべりと、せっけんのあわの人生だ。おれはいったい生きていてなんになった？　死んでしまえば、まるでおれなんぞもともといなかったみたいに、人にわすれられてしまうんだ」

そこに「時間貯蓄銀行の外交員」を名乗る灰色の男がやってくる。フージー氏の時間の使い方を細かく分析し、母親の介護は時間の無駄だから施設に入れ、セキセイインコの世話をする一五分も無駄だからペット屋に売り、合唱団の練習も映画や飲み屋に行くのも、足の悪い友達を見舞いに行くのも無駄だから断り、ひとりのお客に三〇分もかけないで半分にし、その分を自分たちの銀行に貯蓄すれば大時間もちになれるはずだ、と忠告する。

同じようにどんどん時間を節約する人が増え、もう誰もモモを訪ねてこなくなった。

一人ぼっちになったモモのところに、甲羅にデジタルの文字が浮き上がるカメがやってきて、「どこにもない家」に連れてゆく。このあたりはまるで龍宮城の物語のようだ。

時をつかさどるマイスター・ホラに連れられて時間の国を訪れたモモは、不思議な光景を目にする。

大空と同じぐらい大きな丸天井の下にまんまるな池がある。巨大な水面は真っ黒で、鏡のようになめらかだった。黒い鏡の上には、巨大な振り子が行きつ戻りつしている。振り子が池のへりに近づくと、黒い水面に大きな花のつぼみがすうっとのびてくる。やがてつぼみはふくらみ、あでやかな花を咲かせるが、振り子が遠ざかるにつれてしおれはじめる。花びらが一枚一枚散って、暗い水の底に沈んでいく。そのころ、池のむこう側では別の花がつぼみをつける。

次々に咲く花はそのどれもが前の花とは違っていたし、咲くごとに、それまで見たこともないほど美しかった。

ひとつひとつが、人間の命の時間だったのである。

『モモ』のこうしたアイディアは、おそらくアンデルセンの『ある母親の物語』からとられたのだろう。

子供のころ読み、読むたびに涙した話だ。ある冬の夜、幼い坊やの看病をしていた母親のもとに、死神が訪れる。彼は、母親がちょっとうとうとしたすきに坊やを連れ去った。必死になって子供を追いかける母親は、途中で出会った「夜」には知っているかぎりの子守歌を歌い、暖めてほしいと頼むイバラのやぶを抱きしめて道をききだす。イバラには緑の葉が吹き出て花が咲いたが、母親の胸は血だらけになった。

母親が次に行き当たったのは、氷のはった大きな湖である。船もボートもなく、氷は母親を乗せるほど厚くはない。思い余った母親が水をのみほそうとすると、湖は、母親の目をくれれば通してあげよう、と言った。

じつはわしは真珠を集めるのが好きなんだがね。あんたの目は、わしがこれまで見たうちで、一ばん澄んでいる真珠だ。もしあんたが、泣いてわしのために、その目を流しだしてくれるなら、わしはあんたを、向こう岸の大きな温室まで、はこんであげよう。

母親の二つの目は湖の底に沈んで、美しい真珠になった。

こうして母親は、死神の家に行き着く。そこには温室があり、沢山の花が咲いている。出迎えた墓守は、人間はだれでもその性分に応じて自分の命の木か、命の花をもっていると語る。見た目は他の草木と違わないが、そこには心臓があり、動悸を打っている。

温室には、花や木がいりまじって生えていた。釣鐘型のおおいの中にほっそりしたヒヤシンスが植わっているかと思うと、がんじょうそうな大きなシャクヤクが立っている。

いろんな水草もあり、水へビがとぐろをまいていたり、黒いザリガニがしがみついていたりする。シュロやカシワやプラタナスの木々。パセリやジャコウソウもある。

悲しみの母親は、それらすべてに耳を傾け、心臓の音をたよりに坊やの花を探し出した。それは、小さな青サフランの花だった。

墓守は、母親がすべきことを教えて、代償に彼女の美しい黒髪をもらった。

死に神が戻ってくると、母親はそばにあった花を両手につかみ、坊やを返してくれないならこれを引き抜いてしまう！と叫ぶ。

そんなことをしたら、ほかの母親を不幸に陥れることになるとたしなめた死神は、湖の底に沈んでいた二つの目を母親に返す。そして、深い井戸の底を見せる。そこには幸せに満ちた人生と苦しみに満ちた人生が映し出され、そのどちらかが坊やの運命なのである。

母親は、すべては神様の御心のままなのだということを悟る。

♪

ドビュッシーの年若い友人で劇作家のルネ・ペテールは、一八九六年、『ある母親の物語』をもとに『死の悲劇』という戯曲を書いている。

『死の悲劇』のことはCDブック『ドビュッシーのおもちゃ箱』に少し書いたが、ダイジェストしてみよう。ルネ・ペテールは高名な医者ミシェル・ペテール（細菌学者パストゥールのいとこ）の息子で、ヴェルサイユに住み、『失われた時を求めて』の作家プルーストの友人でもある。一九〇六年ごろにはプルーストと共同で脚本を書く話もあり、この試みは、のちに『失われた時を求めて』の「スワン家の方へ」の中に吸収される。

ドビュッシーに出会ったのは、まだ一一、二歳のころだったらしい。二四歳になったペテールは、初めての戯曲『死の悲劇』を書き、本人の回想によれば「おずおずと」ドビュッシーに見せたところ、この話がとても気に入ったドビュッシーは、「作品を世に出すためには、彼の友人で当時流行作家のピエール・ルイスに頼んで、序文を書いてもらうに限る、とまことに無邪気に考えた」という。

ドビュッシーの思惑通り、『死の悲劇』は一八九九年にルイスの序文つきでメルキュール・ド・フランス社から出版されたが、こちらもルイスの紹介だったという。

その後『死の悲劇』はアントワーヌの自由劇場で上演されることになり、ドビュッシーは母親が歌う冒頭のシーンのために、「むかしむかし、美しい王杖を持った妖精がいました……」ではじまる『子守歌』を作曲している。

「これが子守歌です」とドビュッシーはペテール宛ての手紙で書いている。

「もちろん、観衆を眠らせるためではありません。とてもシンプルなので、きっとうまくいくと思います。これなら、どんなポジションにいても歌えるでしょう」

『死の悲劇』のための「子守歌」には、こんな歌詞がついている。

むかし、むかし、あるところに、白いきれいな杖をもった妖精がいました。花がしおれてしまったと泣いている子どもを見た妖精は、杖から花をいくつかとり出し、しずかに落としました。子どもはそれを三つ編みにむすび、『まだある?』とききました。さらに何千本もの藤色や黄色や赤の花が子どもの目や口に沿って落ちてきて、子どもの肩は花で覆われました。

アカペラで歌われる簡素で美しいメロディだ。

バジル
［メボウキ］

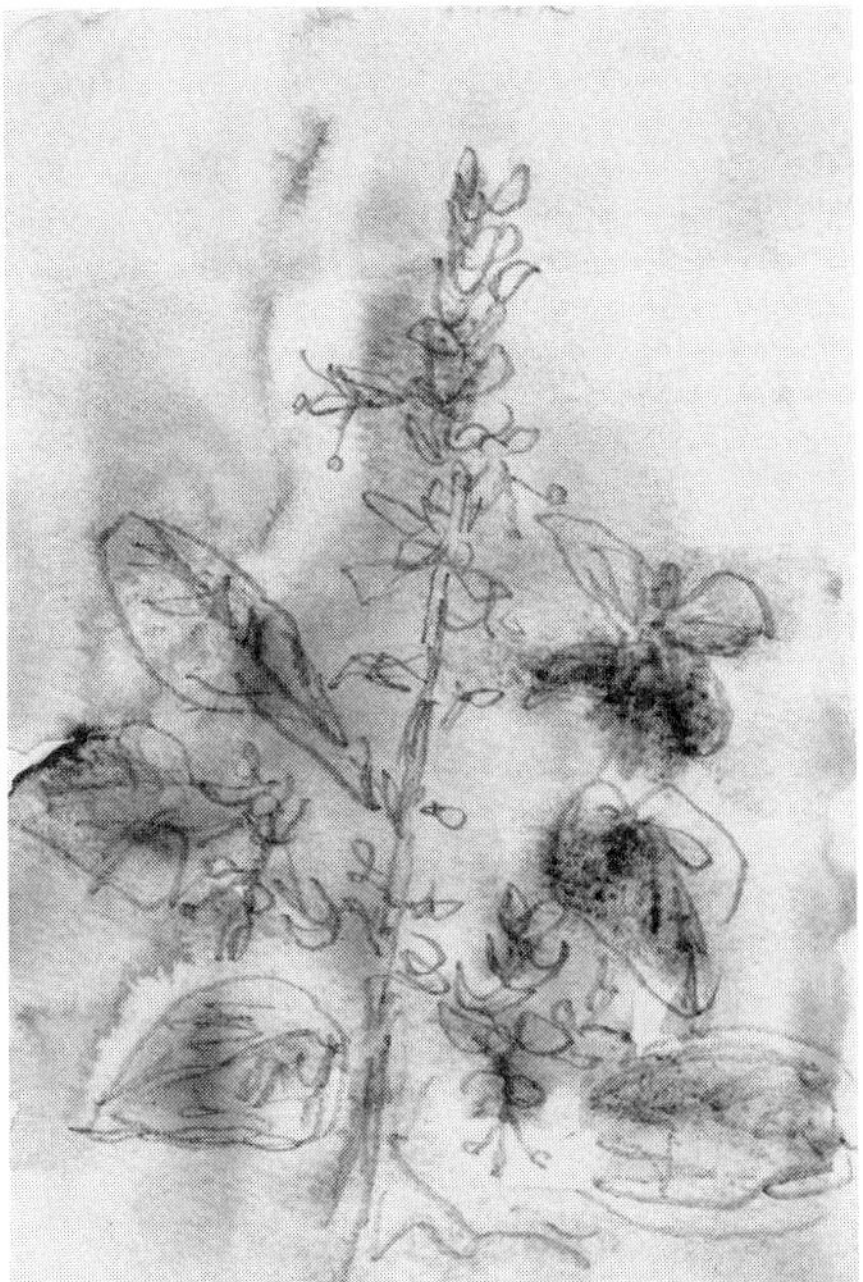

二〇二〇年春、新型コロナウィルス感染拡大で世界各地で都市封鎖がおこなわれていたころ、もしかするとどこかで第二の『デカメロン』（一三四九〜五一）が生まれるかもしれないと思ったことがある。

デカメロンはギリシャ語で「一〇日」を意味する。フィレンツェ在住の詩人ジョヴァンニ・ボッカチオの短編集で、一三四八年に蔓延していたペストから逃れるために郊外にひきこもった一〇人の男女が、一〇夜にわたって面白おかしい話を語り合って死の恐怖をまぎらわせようとするという趣向。ダンテ『神曲』に対して『人曲』とも呼ばれる。

一〇日間は、苦難をへたのちの成功、あるいは失ったものを手に入れた話、不幸のあとの幸福、とっさの機転で危機を脱した話、男が女を、女が男を騙した話など、それぞれのテーマが設けられている。どちらかというとポジティヴなものが多いが、四日目は、思いを寄せた人に振られたばかりのフィロストラトが、腹いせに「不幸な結末を迎えた恋人たちの物語」を提案し、各人がそれに沿った話をする。

その第五話に、「リザベッタの物語」というのがある。

メッシーナの商家に生まれたリザベッタは使用人のロレンツォと恋仲になる。彼女が彼の部屋に忍んでいく様子を目撃した兄の一人は、他の兄弟に告げる。一家の恥をもみ消す方法を話しあった兄たちは、使用人を郊外のピクニックに連れ出して人気のない道で殺してしまう。地面に埋めて何くわぬ顔をして戻り、ロレンツォは急な出張に出かけたと説明していたが、リザベッタは思い悩み、ひたすら男の帰りを待った。

ある夜ロレンツォがリザベッタの夢枕に立ち、殺されて地面に埋められていると告げた。目覚めたリザベッタは侍女を連れてその場所に行くと、恋人の遺体を掘り起こし、頭部を切断して持ち帰る。鉢の中に入れてサレルノ産のメボウキを植え、毎日抱きかかえてさめざめと泣いていた。

メボウキは美しく成長したが、妹の様子を不審に思った兄たちによって鉢は盗まれ、リザベッタは悲しみのあまり死んでしまう。

「メボウキ」とは料理や香料によく使われるバジルの和名。種子を水に浸けると、グルコマンナンを多く含むためにゲル化する。このゲル化した種子を目のゴミをとるために使ったことから、この名がついたという。

バジルはインド原産シソ科の多年草で、ペルシャ、エジプトでは墓に供えて死者を黄泉の国に導く草と言われていたらしいから、リザベッタが鉢に植えたのもむべなるかな、である。

フランス語ではバジリックで、砂漠に棲む想像上の怪獣バジリスクと同じ綴りになる。ギリシャ語で「小さな王」を意味するバジリスクは頭に王冠の模様をもつ蛇で、身体を半分持ち上げて進み、移動の音を聴くだけで他の蛇が逃げていくとされる。

毒気が強く、大プリニウスの『博物誌』によれば、匂いによって他の蛇を殺し、毒気を含んだ息を吹きかけると石が砕け、見ただけで死をもたらすと書かれている。植物のバジルは怪獣のバジリスクの毒を解毒する薬草だというが、見ただけで死んでしまったものまで蘇らせることはできるのだろうか。

イタリアでは、湿った石の下にこの草を置くとサソリに変わるとか、匂いを嗅ぐだけで頭の中にサソリがわいて苦痛と死をもたらすなど、不吉なイメージがある。

ボッカチオの『デカメロン』は、一九世紀初頭のイギリスで大変に好んで読まれていたらしい。イギリス、ロマン派の詩人ジョン・キーツ（一七九五〜一八二一）は、友人のレイノルズと語らって物語集の翻案を試みていた。一八一八年には、リザベッタのエピソードをもとに『イザベラ、あるいはメボウキの鉢』という物語詩を書き、『レイミア』『聖アグネス祭前夜』などとともに一八二〇年、つまり死の前年に刊行している。

形式は一六世紀イタリアの詩人たちが好んで用いたオッターヴァ・リーマ（脚韻がa-b-a-b-a-b-c-cの弱強五歩格八行）の六三連で、しばしば作者の心情を吐露したため、叙事的なボッカチオの物語に較べて二倍近くにふくれあがっている。

フィレンツェの裕福な商人の娘が兄たちによって恋人を殺害されるという設定はボッカチオの話と同じだが、遺体の発掘と頭部切断の描写は微に入り細を穿っている。

ペルセウスの剣よりもなまくらな刃物で
彼らが切り割いたのは　怪物メデゥサの首ではなく、
死んでも　生きているときと同じ　優しい首だった。
（中略）
蒼ざめたイザベラは　人間となった愛の女神が

死んだかどうかと、接吻して、低い声で呻いた。

このあたりは、ワイルド『サロメ』の一シーンを連想させる。首を持ち帰ったイザベラは、乱れた髪を金色の櫛でとき、「墓穴のような両眼」を飾る睫毛をそろえ、アラビアで摘まれた花々の露や、さわやかな匂いのする聖なる液に浸した絹のスカーフで包んで植木鉢の底に入れ、香ばしいメボウキを植えて日々涙にくれる。

こうしてその鉢の木を　彼女は　枯れつきそうな涙で育てた。
そこで　その木は　こんもりと、緑に、美しく茂り、
フィレンツェのめぼうきでは　較ぶものなきまでに
芳しい香りを放った。なぜなら　それは
自然のほかに　人の恐れるもの、人目を閉ざした
あの朽ちゆく頭蓋から　生命を吸収したからだ。

不審に思った二人の兄は鉢を奪って中身をあらため、ロレンツォの首が出てきたので恐怖にかられて逃亡する。取り残されたイザベラは、最後までメボウキの鉢を求めながら狂い死にする。

キーツがイザベラに託したかったのは、愛に殉じる女性の姿だったといわれている。キーツの母親はロンドンの貸し馬車屋の娘として生まれ、イザベラと同じように雇い人と結婚するが、夫が事故死したあと、たった二ヶ月で再婚して子供たちを捨ててしまう。その後も再婚をくり返し、やっと戻ってきたときは肺病に罹っていた。

自分も肺病に冒されたキーツは、婚約者のファニーに喀血を知らせる手紙の中で、自分をロレンツォの亡霊にたとえながら、ファニーも母親のように移り気で、病気の自分を見捨ててしまうのではないかと心配している。

キーツは翌年二五歳の若さで亡くなり、婚約者を手厚く看護したファニーは、その一二年後、三三歳で一二歳も年下の青年と結婚している。彼女は、立派にイザベラの役割りを果たしたといえよう。

『イザベラとメボウキの鉢』は、多くの画家の題材になった。

ラファエル前派の画家ジョン・エヴァレット・ミレーには『ロレンツォとイザベラ』（一八四九）という絵がある。長い髪を三つ編みに編んだイザベラは思いつめたような顔のロレンツォからブラッド・オレンジをすすめられている。これは、のちに首を切り落とされる前兆とされている。殺人者となる兄の一人はクルミの殻をむきながら、片方の足をのばしてイザベラが頭をなでている犬をけとばしている。これはミレーの家族や知り合いの集団肖像画の意味あいがあり、イザベラのモデルは義理の妹、ロレンツォは、やはりラファエロ前派の画家ダンテ＝ガブリエル・ロセッティの弟だと言われている。

ジョン・ホワイト・アレクサンダー『イザベルとメボウキの鉢』（一八九七）では、白の衣装に黒の長いショールをまとった女性が、顔の高さに置かれた鉢を指でなぞりながら、恍惚として唇を寄せている。ウィリアム・ホルマン＝ハントの同名の絵（一八六七）は、豊かに繁ったメボウキの鉢を抱えているイザベラの絵で、鉢に象徴的な髑髏が飾られている。

ウォーターハウスの同名の絵（一九〇七）も同じ構図で、跪いたイザベラが鉢を抱きかかえ、放心したように眼を閉じている。こちらは鉢を乗せた台に髑髏のレリーフが見える。やはり同じタイトルのストラッドウィックが描く『イザベラとメボウキの鉢』（一八七九）は鉢を奪われた直後らしく、窓の外に見える兄たちを追いかけようともせず、衣服を乱し、やや身体をひねったポーズで立ちつくしている。

『デカメロン』のリザベッタの物語は、いわゆるアンデルセン童話にも出てくる。メボウキをジャスミンに変えた『ばらの花の精』は、一八三八年から四二年にかけて書かれた『子供のための童話新集』（あるいは四三年から四八年の『新童話集』）におさめられているから、ボッカチオよりはキーツの詩に触発されたのかもしれない。

全体のストーリー展開は同じだが、庭に咲くバラの精が一部始終を見ていて、娘の耳の中にはいりこみ、起きたことを知らせるという設定になっている。

娘が息絶えたあと、悪者の兄は彼女が遺したジャスミンの鉢を寝室に持ち帰る。その夜、ジャスミンの花はいっせいに開き、ひとつひとつの花から毒の針を持った妖精が出てきて、兄のくちびるを刺し、殺してしまった。

死体を発見した人々が植木鉢を片づけようとして誤って落とし、中からまっしろな髑髏が出てきたので男が人殺しだったことを知ったのだった。

いかにもアンデルセンらしく勧善懲悪の結末だし、語り口はやわらかく、描写も優美だが、ときどきドキッとさせられる箇所がある。

『デカメロン』では、植木が非常に美しく育ったとは書いているが、その理由については読者の想像にまかせている。キーツは「朽ちゆく頭蓋」のようなアレゴリカルな表現を使っているが、アンデルセンの物語はもっと直截的だ。

バラの花の精がジャスミンの花たちに、殺された若者のこと、悪者の兄のことを話してきかせると、精たちは口々に「知ってますよ！」と言うのだった。

「わたしたち、とっくから知ってるんです！　だってわたしたちは、その殺された人の眼やくちびるから生えて来たんですものね！」

語り手は、兄は「なぜ妹がいつでも植木鉢に向って泣くのか、そのわけがわからなかった」として、次のようにつづける。

「その土の下に、どんな眼が閉じているか、どんな赤いくちびるが土になっているか、知ってるはずはありませんからね」

梶井基次郎の『桜の樹の下には』を連想させる。


♪


まだコロナ感染拡大がはじまっていなかった二〇一九年五月、この物語をテーマに作曲家の高橋悠治さん（一九三八〜）に『メッシーナのメボウキ』というピアノ曲を書いていただき、大阪で初演した。

演奏時間五分程度の作品は一段ずつ二三のスタンザに分かれ、ボッカチオの『デカメロン』にもとづく要約がついている。「メッシーナに三人の兄弟とリザベッタという妹がいた」「使用人のロレンツォはよく働いて気に入られていた」「リザベッタは彼を好きになり、彼もそれに気づいた」……という具合で進行する。兄たちに殺されたロレンツォが夢枕に立つ場面の音楽には、バロックで悲痛の叫びをあらわすモティーフが使われている。

最後は、こんなカンツォーネでしめくくられる。

だれかしら、悪い人
わたしから取り上げた
植木鉢を取り上げた
悪い人、だれかしら

大阪では、私がテキストを読みながら弾いていった。最後のカンツォーネに当たる部分は、ピアノを弾きながらイタリア語で歌った。

同じ年の一一月にベルリンの日独センターでの演奏会でとりあげたときは、留学中の女優森尾舞さんにドイツ語で読んでいただき、私はピアノ部分を弾いた。

コロナ感染の第二波がおさまった二〇二〇年一一月には、東京で高橋悠治作品によるコンサートを開き、テキストは三絃奏者の本條秀慈郎さんに読んでいただいた。つとめて淡々とした語り口が、かえって悲しみを誘ったように思う。

夾竹桃

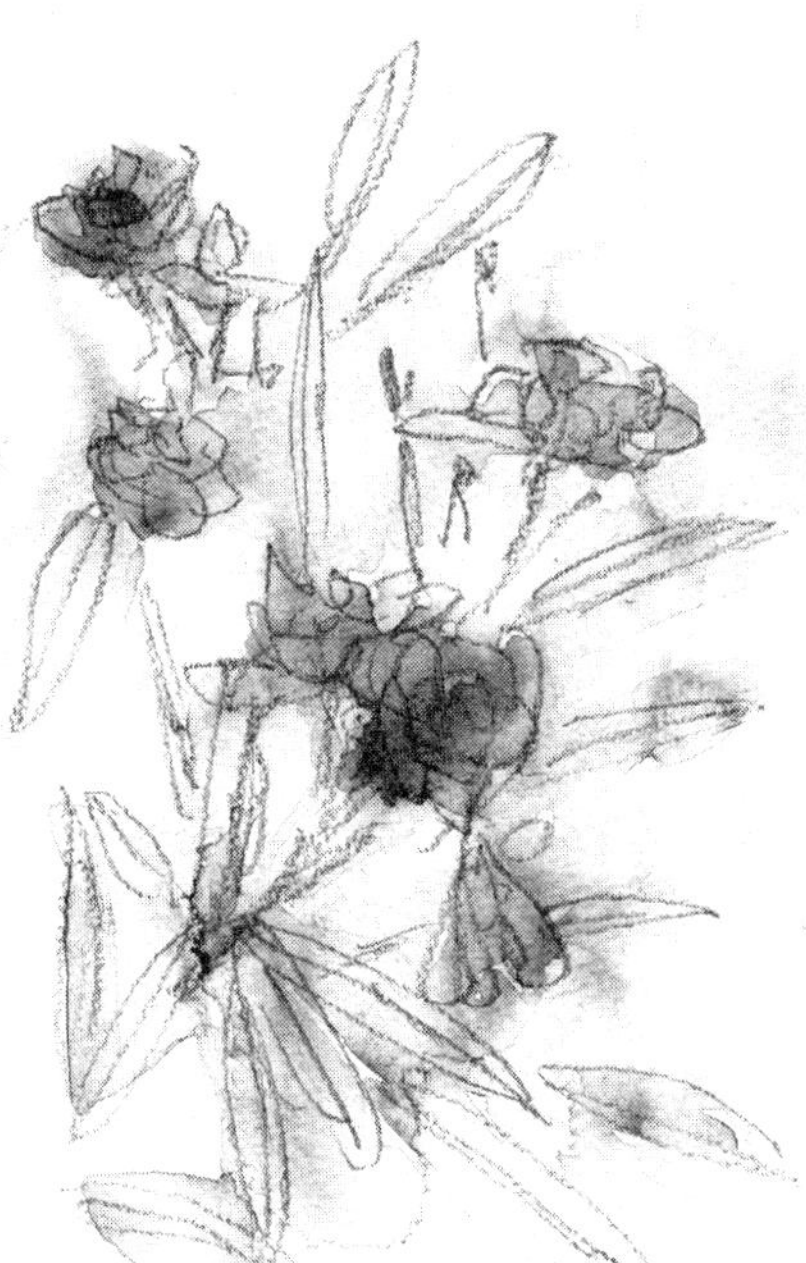

『山月記』で知られる中島敦に、『夾竹桃の家の女』という短編がある。東南アジアのパラオを舞台にした官能的な掌編だ。

風がすっかり呼吸を停めた午後、主人公はパラオ特有の滑らかな敷石路を歩いていく。一週間前に患ったデング熱が治りきらず、息が切れる。めまいを感じて休むと、四〇度の熱に浮かされていたときの幻覚があらわれる。

目を閉ぢた闇の中を眩《まばゆ》い光を放つ灼熱の白金の渦巻がぐるぐると廻り出す。いけない！と思って直ぐに目を開く。

夾竹桃がいっぱいに紅色の花をつけている家の前まで来たとき、疲れは耐え難いものになっていた。家の中には誰もいないようだ。勝手にあがりかまちに腰掛けて休む。

タバコを一本吸い終わったころ、一人の女が目にはいった。どこからはいってきたのだろう？上半身裸で、生まれたばかりの赤ん坊に乳をふくませている。言葉が不自由なのと、勝手に留守宅にあがった断りをいいそびれ、黙って女の顔を見ていると、女も目をそらさず、じっと男を見据える。

パラオ女には珍しく整った顔だちで、黒光りする肌ではなく、艶を消したような浅黒さである。やや反り気味の姿勢、半ば開いた受け口の唇、睫毛の長い大きな目。

初対面で、ひとことも言葉をかわさないのに、主人公には女の凝視の意味がはっきりわかった。産後間もない女がどうしてそんな気持ちになるのか、病み上がりの自分の身体がその視線に値するかどうか、熱帯ではこんなことが普通なのか、一切が不明だけれども。

ここから先数行の緊張感がすごい。空気がドロリと液体化して、皮膚にねばりつくような湿気、印度ジャスミンのくらくらする香り。熱帯の魔術にかかった男は、女がたぎらせる強烈な欲望を意識する。

女の浅黒い顔に、ほのかに血の色が上って来たのを私は見た。かなり朦朧《もうろう》とした頭の何処かで、次第に増して来る危険感を意識してはいたのだが、勿論それを嗤《わら》う気持の方に自信をもっていたのである。その中に、しかし、私は妙に縛られて行くような自分を感じ始めた。

危機から救ってくれたのは、病後の衰弱だった。女の方を見るために無理矢理ひねっていた身体が辛くなり、元に戻したとたん、ふっと呪縛が解けた。女にもそれがわかったのだろうか。明らかに怒った顔つきをする女に背を向けて、男は夾竹桃の家を出て行った。

中島敦は、実際にこの女に会ったのだろうか？　彼が一九四一年、太平洋戦争前夜にパラオに渡ったのは、宿痾の喘息がきっかけだった。

一九〇九年、東京に生まれ一高、東京帝大を経て同大学院に進学した中島は、横浜高等女学校で国語と英語を教えはじめる。その年、結婚して長男も生まれた。二五歳のとき、大学院を中退し、作家をめざして『虎狩』という短編を書いて『中央公論』の新人懸賞に応募したが、選外佳作にとどまっている。当選は島木健作、丹羽文雄など。その後、持病の喘息が悪化して一時生命の危機にも直面した。

一九四一年、転地療養と文学に専念するため横浜高女を休職した中島のもとに、南洋庁への就職の話がもたらされる。同年七月、友人に『山月記』ほかの原稿を託してパラオに渡り、植民地用の国語教科書作成のための準備・調査に携わることになるが、転地療養の意味もあったのであれば、南洋行きはまったくの逆効果だった。

喘息が少しよくなったと思ったらアメーバ赤痢に罹り、治ったと思ったらデング熱にとりつかれる。きわめて食料事情が悪く、魚はとれず、野菜は手にはいらず、健康に良いわけがない。暑さにも悩まされ、父には「一日も早く今の職をやめないと、身体も頭脳も駄目になって了う」と弱音を吐いたこともある。近隣諸島をめぐる長期の出張も多く、その年の暮れには「喘息発作のために激務に適さないとして内地勤務を希望する」申告を提出している。

一二月八日、真珠湾攻撃による日米開戦のニュースは南洋庁のパラオ支庁で知った。

翌年早々、中島は友人の土方久功とともにパラオ諸島バベルダオブ島への最後の出張に出かけている。一月一七日、発熱をおして出発し、「ちちぶ丸」に揺られて島の中心地マルキョクに到着。夜は高熱に苦しみ、解熱剤を服用したとある。

一日静養して島の視察に出かけた折りの日記にこんな記述がある。

一軒の家に立ち寄る。老爺一人。少女二人。赤ん坊に乳をふくませおる若き細君の顔。妙に煽情的なる所あり。

そのあとは簡単に「帰って昼寐」と書かれているだけだが、おそらくこのときの印象が『夾竹桃の家の女』として結実したのだろう。

二ヶ月後、東京に戻ったものの今度は気候の極端な差異から体調を崩し、激しい喘息の発作と気管支カタルに苦しめられる。パラオからの帰還途中に『山月記』が『文学界』に掲載され、五月には『光と風と夢』が同誌に掲載、芥川賞候補となる。七月に第一創作集『光と風と夢』、一一月には『夾竹桃の家の女』を含む第二創作集『南島譚』が刊行されるも、持病が悪化、一二月四日に気管支喘息で亡くなっている。三四歳の若さだった。

中島敦は花が好きで、日中戦争で知人の出征があいつぐ中、草花づくりに精を出したという。パラオ時代に家族に宛てた書簡でも、南洋植物を図入りで解説し、ときには押し花にして送っている。

今、この島に咲いている花。——仏桑華《ブッソウゲ》（ヒビスカス）・カンナ・日々草・鳳仙花《ホウセン》・百日草・素馨《ソケイ》（ジャスミン）・芙蓉。千日坊主（何時かお前が新池から持って来た、白や桃色の玉の咲く花）矢車天人菊（本郷町の家にあったろう？　何年も続いて、一本か、二三本ずつ咲いていた茶色のような黄色のような花）。猩々草《シヨウジヨウ》。その他、名の分らない花が大分あるが、その中のいくつかの花びらを同封しておく。色が変るか、どうか分らないが。キョウチクトウも咲いている。（一二月二日）。

夾竹桃の名は、葉が竹（笹）に似ていて花が桃に似ていることからつけられたという。南国の低木だが、寒さにも強く、日本では東北地方ぐらいまでは植樹されるという。ピンクの八重咲きが一般的だが、花弁が一重のものや、白色、濃い紅色の花もある。

『夾竹桃の家の女』では明記されていないが、猛毒を含む植物として知られ、ジギタリス系の成分や二〇〇種にも及ぶアルカロイドも含まれているらしい。

夾竹桃の毒を扱ったミステリーに、ミリアム・アレン・ディフォードの『夾竹桃』という短編がある。

舞台はカリフォルニアの牧場。登場人物はアンとギルバートという、『赤毛のアン』でおなじみのカップルだが、内容は似ても似つかない。語り手はギルバートの兄で、幼いころから母が植えた夾竹桃に親しんでいた。

ヨーロッパでは灌木だが、カリフォルニアの夾竹桃は背が高く、二階の寝室の窓から手をのばすと、つやつやした葉の間からのぞくピンクの花にとどきそうだった。

子供のころ、ギルバートと夾竹桃の下で遊んだ「私」は、ピンで葉に穴をあけてミルクのような汁を出し、「ノアの方舟」と呼んでいたぬいぐるみの動物たちに餌のつもりで与えていた。

ギルバートは私たちの玩具、とくに私の玩具をみんなこわしたもので、そのうちにこの動物たちもこわしてしまった。「赤ちゃんにあげなさい。あなたはお兄さんでしょう」という母の声が、いまでも耳に残っている。

やがて大学に進学してアンというガールフレンドができると、「私」は両親にひき合わせるために牧場に連れてくる。彼女と肩をならべて夾竹桃の下に立ち、「その花がアンの頬とまるでそっくりに、ほんのりとしたピンク色をしていることなど」を考えていた。

小雨の中、二人がたちつくしていると突然ギルバートがあらわれ、アンの腕をとって、雨のかからないポーチに連れていった。

大学の最終学年の年、化学を専攻していたギルバートの実験で試験管が爆発し、そばにいた「私」は顔面にひどい火傷を負ったばかりか失明してしまった。

醜くなった「私」は身をひき、アンはギルバートと結婚した。

ここまで読んでくると、容易に想像できるだろう。ギルバートは兄のもっているものならなんでもほしがり、手段を選ばずにそれを得ようとするのだと。

盲目になった「私」は両親の住む牧場にもどり、父が亡くなると母と二人きりで、夾竹桃を唯一のなぐさめとして暮らした。


私はその木の下の陽だまりに、一日じゅう寝そべっていたものだった。手をのばせば、そのざらざらした樹皮に、葉に、花に触れることができ、それは避けたり隠れたりする必要のない友だちが、この世にまだ一人だけ残っているといった気持だった。


ある晩、ギルバートが牧場にやってきた。「私」は夾竹桃の下に腰をおろして木彫りに精を出していたが、家の中からギルバートの激昂した声と母の悲鳴が聞こえてきた。弟によれば、母が心臓発作を起して倒れ、たまたま椅子の端に額をぶつけてけがしたという。母は亡くなり、ギルバートは全財産を相続した。

アンとギルバートは牧場で暮らすことになったが、「私」にはアンが幸せそうではないように思われてならなかった。やがてギルバートがアンの可愛がっていた犬を撃つという事件が起き、烈しい言い争いののちにアンは姿を消した。

アンが家を出て行った翌日、部屋で眠っていた「私」は恐ろしい音をきいた。ギルバートが夾竹桃を切り倒してしまったのだ。自分の心臓に斧が打ち下ろされるほうがまだましだと思った「私」は、止めようとして手を負傷する。

傷が癒えた「私」は夾竹桃の枝を一本もらい、焼き肉用の串を四本つくってきれいに磨いた。ギルバートが夕食の献立に焼肉を望んでいることを知った「私」は、これを使うようにと夾竹桃でつくった串を差し出し、自分はサラダを食べた。食事を終えたギルバートは苦しみ出し、三〇分後に死亡した。

いわゆる「奇妙な味」系のミステリーだ。語り手の「私」は、うらみがましいことも一切言わず、自分から視力を奪い、恋人を奪い、母を死に至らしめ、唯一のよりどころの夾竹桃まで切り倒した弟の所業についてもポジティヴに受け止め、唯々諾々と運命に従っているようにみえる。そこで最後のドンデン返しが効果的だ。

結末から返してみると、何気ない描写にドキリとする。

たとえば「私」が子供のころ、夾竹桃の葉をピンで挿し、「ミルクのような汁」を出して「ノアの方舟」の動物たちに与えていたというシーン。ぬいぐるみだったから良かったのだ。前にも書いたように、夾竹桃には強い経口毒性があり、野外活動の際に調理に用いたり、家畜が食べたりしないよう注意が必要である。

花、葉、枝、根、果実すべての部分に毒性がある。とりわけ強心配糖体オレアンドリンは、吐き気、嘔吐、四肢脱力、倦怠感、不整脈、心拍数減少をもたらし、死に至ることもあるという。夾竹桃の枝を箸がわりに使用して中毒した例がある。葉を夫の食事に入れて毒殺し、生命保険金を手に入れようとした事件も報告されている。生木を燃やした煙も有毒で、呼吸器を侵す。

キャンプ中に、夾竹桃の小枝の串でバーベキューをして死者が出た話も知られている。夾竹桃の樹液や樹皮に含まれる毒は容易に食物にはいりこむという。「私」はそのことを知っていてギルバートに復讐したのだろう。

♪

ドビュッシーの一〇歳下、ラヴェルの三歳上のデオダ・ド・セヴラック(一八七二〜一九二一)は、パリを避けて故郷のラングドック地方で創作した作曲家である。彼の最後のピアノ曲『夾竹桃の下で』は、「カタルーニャ海岸の謝肉祭の夕べ」という副題をもつ一五分ほどの作品で、一九一九年に作曲された。

献辞には、「エマニュエル・シャブリエ、イサーク・アルベニス、シャルル・ボルドら、愛する大家たちの想い出に捧げられた幻想曲」とある。

素敵な作品だが、自分のレパートリーではないため、二〇二〇年に代官山ヒルサイドプラザで『花の物語、花の音楽』と題したコンサートを開催したときは、フォルテピアノの平井千絵さんにゲスト出演をお願いして弾いていただいた。

全体はオムニバス風の九つの部分からなり、リスト『メフィスト・ワルツ』を思わせる鋭い装飾音が印象的な「村の楽団」ではじまり、はねるような「騎兵たちの小ワルツ」でつなぎ、煽情的な「バニュルスの水の精」、カタルーニャ地方の民族舞踊「サルダーナ」……とさまざまな種類の音楽が繰り出される。同時代の音楽家に敬意を表して「シャルル・ボルドのために」では五拍子の音楽、「エマニュエル・シャブリエのために」では、彼の代表作にちなんで『スケルツォ・ヴァルス』ふうの音楽。バロックの作曲家ダカンに倣って、やはり代表国の『カッコウ』が出てきたり。まるでユーモアに満ちた一つの小舞台をみているかのように魅力がつまった作品である。

南欧の賑やかな祝祭音楽で、パラオのむうっとした湿気とは対照的な乾いたエロティシズムに満ちている。彼らがその下で踊っている夾竹桃の色も、ずっと鮮やかなのに違いない。

すみれ

すみれが一輪、背をかがめてひっそりと野に咲いていて、それはとてもかわいらしいものでした。（木村能里子訳）

ゲーテの詩によるモーツァルト（一七五六～一七九一）の歌曲『すみれ』は、こんな一節にふさわしい、可憐な歌い出しではじまる。やがて、足どりも軽く羊飼いの娘がやってくる。ピアノの

伴奏は、彼女が口ずさむ歌を楽しげにふちどる。
音楽が悲しげな調子に変わるのは、すみれが「ああ」と大きなため息をつくところからだ。

ぼくの大好きな彼女がぼくをつみとって胸にだきしめてくれるまで、そう、たった一五分ほどでいいから、この世で一番きれいな花でいられたら！

すみれの願いもむなしく、羊飼いの娘は花に気づくこともなく、無残に踏みつけてしまう。首うなだれたすみれは、しかし、案に相違して、喜びに満たされて死んでいくのだ。彼女に踏まれて、彼女の足もとで息たえるなら本望だ、とつぶやきながら。

二〇歳でハンセン病を発病し、二四歳で亡くなった北条民雄にも、「すみれ」というメルヘンがある。ゲーテのすみれは男性だがこちらは可憐な娘。音吉じいさんの庭の片すみで、淋しそうに咲いている。じいさんが近寄ってみると、花びらは澄みきった空のように青く、宝石のような美しさだった。

おばあさんを亡くし、深い山の奥でたった一人で暮らしていた音吉じいさんは、わびしい山の生活が嫌になり、息子を頼って町に出て行こうとしていたが、何となくすみれのことが気になって、出発を一日のばしにする。

毎日すみれのところに行って、水をかけてやると、すみれはうれしそうにお礼を言い、ますます美しく、清く咲きつづけた。

お前はこんなに美しいのに、誰も見てくれない山の中で咲いていて悲しいだろう、動くこともできなくて、面白くないだろう、ときいても、すみれはいいえ、と答える。

体はどんなに小さくても、広い青空も、そこに流れる白い雲も、毎晩砂金のように光る星も見える。こんな体で、どうしてあんな大きな空が見えるのだろう。そのことだけで、自分は誰よりも幸福なのだ。

それをきいた音吉じいさんは、町に行くのをやめて、すみれと一緒に澄んだ空を流れる綿のような雲を眺めて暮らした。

同じようにひっそりと咲きながら、この世で一番美しい花になりたいという野望を持っていたゲーテのすみれと、自分の美しさを信じて、ささやかな存在のまま誇り高く生きていこうとする北条民雄のすみれ。どちらも、野の花なのにどこか貴族的という、すみれのイメージにぴったりではないか。

青山七恵には、その名も『すみれ』という愛らしい小説がある。

レミちゃんが家にころがりこんできたのは、藍子が一五歳、レミちゃんが三七歳のときだ。レミちゃんは学生結婚だった父と母の同級生で、それまでも時々家に遊びにきていたが、この年はちょっと違った。夏至のころに久々にやってきたと思ったら、ちょくちょく来るようになり、泊まる回数も増え、歯ブラシや洗濯物も家の中に混じり、夏休みがはじまるころには遊びにきているのか住んでいるのかわからなくなった。

このはじまり方はステキだ。一五歳が子供かどうかわからないが、あまり詮索したりせずに、そうだからそうなんだろうと柔軟に受けとめるあたりは、子供の特権のような気がする。始業式をすませた藍子が学校から帰ると、リビングのソファに寝ころがっていたレミちゃんが「お帰り」と言い、短く切った髪のうしろがぺしゃんこになっていたので、レミちゃんはもう帰らないんだとさとった。

もてなし好きの両親は、いつも家に人を招いていた。学生時代の友達や会社の同僚、タップダンス教室の仲間たち……。遠くから遊びに来て泊まっていくこともあった。

家に友人たちを招くとき、両親は藍子にも同席を求めた。藍子は大人たちに慣れていて、話についていけなくても、いつも隅っこでニコニコしていた。つまらなそうな顔はしていない自信があったのだが、レミちゃんは寄ってきて、「つまんないんならあたしと一緒に逃げよう」とささやく。

「別に、つまんなくないよ」とささやきかえすと、レミちゃんは、まるで生まれたときからの相棒にすっかり裏切られたみたいに、必ず当たると言われて百万本買った宝くじがぜんぶはずれたみたいに、失意の表情を浮かべて、自分の席にしょんぼり帰っていくのだった。

レミちゃんは大学時代はすごかったらしい。目はキラキラして才気走り、エネルギーの塊で、近づくだけでそれとわかった。同人誌にたくさん小説を書き、何度も新人賞の候補になり、将来はすごい小説家になると思われていた。

しかし、精神を病み、世話をしてくれる人ともいざこざを起した。社会生活を営めないような問題も起した。親も兄弟もなく、ひとりぼっちのレミちゃんの居場所は藍子の家しかなかった。

レミちゃんの誕生日、大学時代の友達がたくさん集まってお祝いした。いつもフリースとジャージのレミちゃんのためにみんなでスミレ色のセーターを買い、プレゼントした。ご飯がはじまると、レミちゃんの大学時代の思い出話に花が咲いた。でも、最近のレミちゃんについては誰も話題にしなかった。まるで数年前にレミちゃんが死んでしまい、みんなで偲んでいるようだと藍子が思っていると、レミちゃんが爆発した。

「やめてよ」とレミちゃんは叫んだ。「あたしは、まだ、死んでないのに！」

レミちゃんは、本当はスミレという名前だったのだと、物語の最後になって読者は知ることになる。

降田天『すみれ屋敷の罪人』に登場する三姉妹は、すべてスミレにちなんだ名前がついている。長女の葵はアオイスミレから、次女の桜はサクラスミレから、三女の茜はアカネスミレから。

その名も紫峰邸と呼ばれるお屋敷は、さながらスミレの園だった。どっしりした石の門柱と、緑青色に塗られた鉄製の門扉。その向こうの丘全体が紫峰家の敷地だった。斜面全体に野生のスミレが咲き、紫の霞がかかっているようだった。

坂を登ったところには壮麗な洋館がそびえ立っている。ベージュ色の壁に、ずらりと並んだ背の高い窓。かわいらしい煙突と白いバルコニー。広々した芝生の庭には色とりどりのすみれが植えられている。

すみれ屋敷に奉公に上がった信子は、それを見上げて「お城だわ……」と独りごつ。壮麗な屋敷ではあるものの、城と呼べるほどのスケールではなかったが、農家に生まれた信子には憧れの少女歌劇の舞台のように見えた。

しかし、奉公人仲間のヒナはあざ笑うように言う。

知ってる？　すみれの根には毒があるんですって。花はあんなにかわいらしいのにね。この屋敷は毒の花に囲まれてるのよ。毒の花のお城。

すみれを漢字で書くと菫。この字は猛毒をもつトリカブトにもあてられる。殺人にも使われるトリカブトほどではないが、すみれの根や種にも毒があるので食べてはいけない。

「毒の花のお城」に住む三姉妹は才色兼備だった。葵は絵画、茜はピアノに才能を示していたが、桜は和服の似合うしっとりした女性で、父親の面倒をよく見た。

「お嬢さまがたはみなさま本当にお美しかった」と信子は回想する。

背格好はよく似ていたけれど、それぞれに異なる魅力をお持ちでした。わたしがお仕えしはじめたとき、葵さまは十八、桜さまは十七、茜さまは十五。いずれも吉屋信子の小説に出てくるような……と言ってもわからないかしら。

この小説が刊行されたのが二〇二〇年一月だから、読者は当然吉屋信子の『花物語』を知らないだろう。

『花物語』は大正を代表する少女小説で、各短編に花のタイトルがつけられ、「鈴蘭」から「名も無き花」までの七編は大正五年に『少女画報』に掲載された。初夏の夕方、洋館につどう少女たちがひとつひとつ花にまつわる物語を披露していくという趣向。これが評判を呼び、その後も九年間にわたって連載し、全五二編の連作小説集となった。

その二五作目に「三色菫」という短編がある。

『花物語』の多くは、少女同士の出会い、交流、恋愛、別れを扱っているが、『三色菫』には珍しく男性が登場する。といっても眉目秀麗な男子ではなく、女学校の先生。

つば広のへんてこな帽子、よれよれのネクタイ、セピア色に褪せた背広と外套というみすぼらしいいでたちで、雨が降ろうが日が照ろうが風が吹こうが三六五日、欠かさず、やっぱりセピア色の古ぼけた洋傘を抱え、少し前こごみになって、兵隊さんが履くような古い靴でぽかぽかと歩いてくる。

女生徒たちが「洋傘のお爺さん」と呼びなした男性は理科の先生なのだが、授業があまりに難解であまりに退屈なので、女生徒たちは退屈のきわみ、窓の外をぼんやり眺めたり、ノートに落書きしたり、はたまた次の授業に使う鉛筆を削ったりと内職にいそしむ。

ところが、ただ一人、池村さんという目のさめるように美しい女生徒のみは不動の姿勢で、ひとことも聞きのがすまいと最初から最後まで授業に聞きいり、熱心にノートを取る。

運動会で先生方の提灯競争があったときなど、提灯が見当たらずうろうろする「洋傘のお爺さん」のもとに駆け寄り、提灯に火を灯して渡し、まごまごする先生の肩に手をかけて一緒に走り出す。

女生徒たちは口々に「まあ、あのセピヤ色の洋傘のお爺さんと、あの美しい池村さんとのコントラスト。まあなんという偉大な不思議さでしょう」と言い交わした。

友禅模様の華やかな袂を重ね、お下げには深紅のリボンをむすび、装いあでやかな池村さんはなぜ、「洋傘のお爺さん」にかくも惹かれたのか……。そこには、三色菫の押花にまつわる悲しい過去が秘められていた。

すずらん

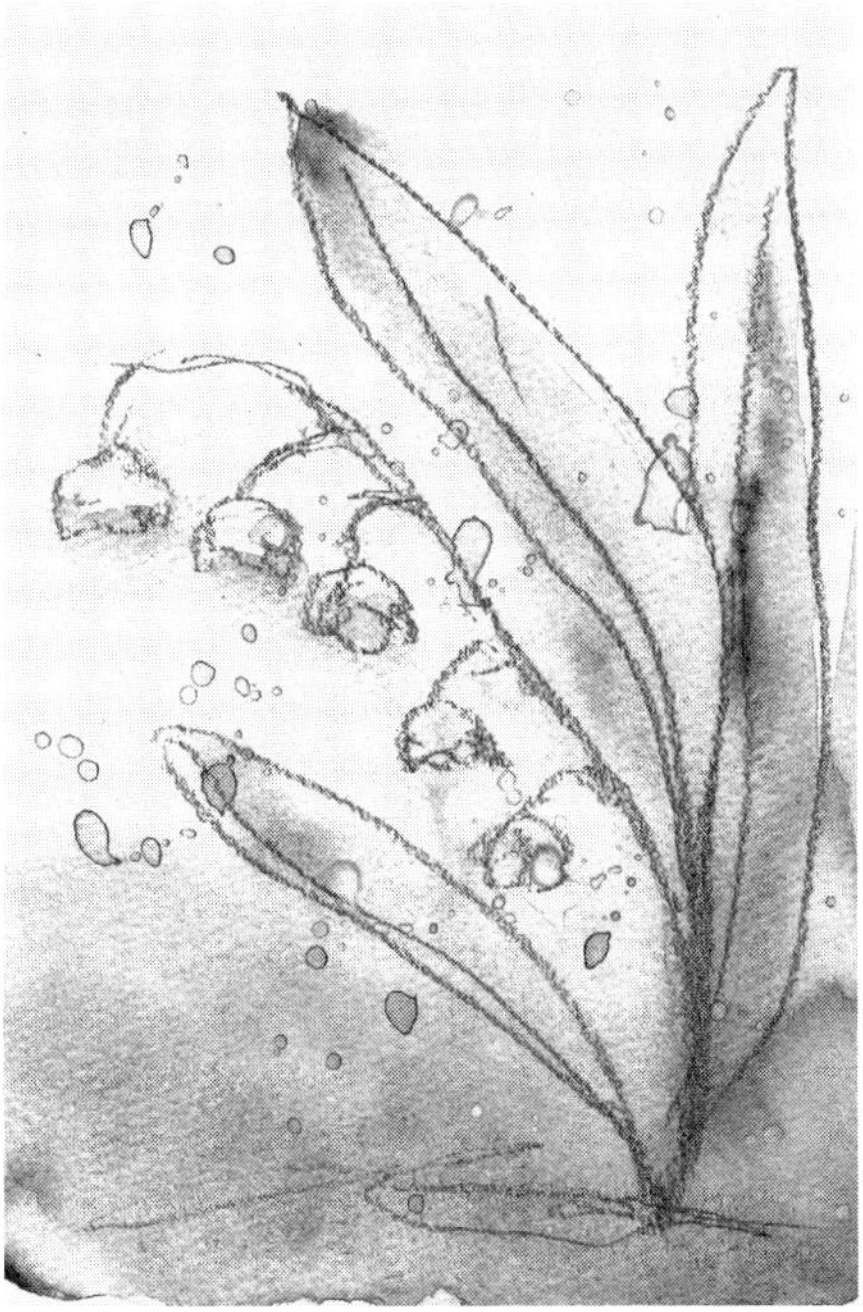

宮沢賢治の童話では、『貝の火』が一番好きだった。

鈴蘭の葉や花がしゃりんしゃりん音を立てる野原。子ウサギのホモイは、川で溺れかけたヒバリの子を助けてやったお礼に、不思議な玉をもらう。それはとちの実ほどの円い玉で、中では赤い火がちらちら燃えている。

これは貝の火という宝珠だ、とヒバリの母親は言う。持っている人の手入れと心がけ次第では、どんなにでも立派になるのだ。

　玉は赤や黄の焔をあげてせわしくせわしく燃えているように見えますが、実はやはり冷たく美しく澄んでいるのです。目にあてて空にすかして見ると、もう焔は無く、天の川が奇麗にすきとおっています。


貝の火のイメージ源はオパールだという。よほど出来のいいオパールに違いない！

この童話で怖いのは、ホモイの心がけが悪ければ悪いほど——途中までは——貝の火がますます美しく光るというところである。

動物たちにペコペコされてすっかり偉い人のつもりになったホモイは、母親の手伝いで鈴蘭の実を集めるのが嫌になり、モグラをおどかしたり、リスに集めさせたりする。

父親は、鈴蘭の青い実をどっさり持って帰ったホモイを叱る。しかし、おそるおそる貝の火を見ると、玉は前よりもさらに赤く、さらに速く燃えさかっているのだった。

次の日、ホモイが野原に出ると、実をとられた鈴蘭はもう前のようにしゃりんしゃりん鳴らなかった。野のはずれから狐がやってきて、盗んできた食パンを渡す。食べたことのなかったホモイが尋ねると「ダアイドコロという木でできるのだ」とウソをつき、毎日三枚持ってくるかわりに鶏をとる権利を主張する。

ホモイがおおいばりで家に帰ると、父親はパンを見て激怒し、地面に投げてふみにじってしまった。

その翌日、ホモイが野に出ると、またキツネがやってきて、モグラをいじめようとそそのかす。キツネを見習ったホモイが地面をドンドン踏みならすと、父親がやってきて息子の首筋をつかみ、家に連れ帰る。

その日ほど、「貝の火」が美しかったことはなかった。


それはまるで赤や緑や青や様々の火が烈しく戦争をして、地雷火をかけたり、のろしを上げたり、又いなずまが閃いたり、光の血が流れたり、そうかと思うと水色の焔が玉の全体をパッと占領して、今度はひなげしの花や、黄色のチュウリップ、薔薇やほたるかずらなどが、一面風にゆらいだりしているように見えるのです。

しかし、それが最後だった。翌日、キツネは鳥たちを罠にかけて動物園をつくることを提案する。ホモイがヒバリを助けたことを知っている鳥たちは助けてくれと懇願するが、正体をあらわしたキツネにすごまれたホモイは一目散に逃げ帰る。

「貝の火」は魚の目玉のような銀色になり、やがて二つに破れ、パチパチと烈しい音を立てて煙のように砕ける。その粉が目にはいったホモイは目が見えなくなる。いったん粉々になった玉は再び以前の「貝の火」に戻り、噴火のように燃え、夕陽のようにかがやき、ヒューと音をたてて飛んでいってしまった。

鳥たちの中で最後に残ったふくろうが、「貝の火」を手に入れたホモイの天下は「たった六日だったな、ホッホ」とあざ笑って出てゆく。

父親は、「目はきっと又よくなる」と息子をなぐさめる。

物語は、「窓の外では霧が晴れて鈴蘭の葉がきらきら光り、つりがねそうは『カン、カン、カンカエコカンコカンコカン。』と朝の鐘を高く鳴らしました」という一節で終わる。

妖しい魔法の玉と清楚な鈴蘭がうまい対比をなしているが、実は鈴蘭はアルカロイド系の毒を含んでいる。宮沢賢治はこのことを知らなかったのではないかと思われるふしがある。

「貝の火」の一カ所に針でつついたほどの曇りが見えた夜のこと、家族で交代に磨いてみるが、心なしか曇りが大きくなる。空気がよどんだところで、父親が思いなおしたように夕食をとろうと言い出す。玉みがきに夢中ですっかり夕食の支度を忘れていた母親は、「一昨日のすずらんの実と今朝の角パンだけを喰べましょうか」と提案する。

物語のはじめのほうで、鈴蘭の青い実のことが語られている。鈴蘭の実は赤いはずだと思って調べたら、春は青くて秋には赤く熟れるらしい。赤い実は見た目にはおいしそうだが猛毒で、誤って口にした子供が亡くなる事故が多発しているという。青いうちは毒がないのだろうか。

こんなくだりもある。朝起きるとホモイは、家の入り口の鈴蘭の葉さきから大粒の露を六つほどとって顔を洗う。これが枝を浸した水だったら、間違って口にはいりでもしたら大変だ。鈴蘭に含まれる有毒物質のひとつ、コンバラトキシンが水溶性だからで、幼い子が鈴蘭を活けたコップの水を飲んで亡くなるケースがよくあるからだ。

鈴蘭の毒の多くは心臓への影響をもち、摂取すると不整脈や血圧低下をまねくこともある。山村美紗のミステリー「赤い霊柩車」シリーズに、お湯の中に鈴蘭の花びらを入れ、入浴した女性を心臓麻痺に見せかけてショック死させる話が出てくる。

千澤のり子の囲碁ミステリー『黒いすずらん』でも、この花の毒性が扱われている。

物語は「おばあちゃんは、囲碁の先生だった」という一行ではじまる。

火事で両親を亡くし、自分も眼が不自由になった「あたし」は、札幌でおばあちゃんと二人で暮らすことになる。学校には通わず、勉強は家庭教師に習い、お手伝いさんからは行儀作法を習い、おばあちゃんには囲碁を習った。

「囲碁のルールはとても簡単なんだよ」とおばあちゃんは言う。

「囲碁盤の線と線の交差しているところに、黒、白、黒、白と交互に石を置いていく。そして、最後に広く自分の陣地をとったほうが勝ちになるんだよ」

　おばあちゃんは先生だから、後攻で白の石を使う。「あたし」は突起のついた黒の石を持つ。師匠は弟子に勝つコツをおぼえさせるためにわざと自分が不利なように打つのが普通だが、おばあちゃんは、指導碁と呼ばれる手を決して使わなかった。

「どうしたらこの子を殺せるかね」「お前なんて死んでしまえばいいんだよ」「誰が生かしてやるものか」

　囲碁の上のこととはいえ、「あたし」は指導のたびにおばあちゃんから呪いの言葉を投げかけられつづけた。

「あたし」もまた、「いつか、おばあちゃんを殺したい」と念じ、囲碁盤と碁石を借りて夜遅くまで精進した。

　そうして四年が経ち、一〇歳になった「あたし」はおばあちゃんのアシスタントとして指導碁の予約受け付けを任されるようになった。ある日、和室の応接間に飲み物を運ぶように言われた「あたし」は、手製の梅ジュースを用意した。庭でとれた梅を漬けたものをコップに入れ、水を注ぐ。お客さん用には冷蔵庫で冷やしたミネラル・ウォーター、硬水の嫌いなおばあちゃんには、普通の水道水。お客さんがいらして、ごくごく喉を鳴らしてジュースを飲んだ。おばあちゃんとお客さんは、何か深刻な話をしているようだった。火事の夜、何があったのか……。やがておばあちゃんもジュースを飲み、「なぜ、こっちに」という声とともにどうと倒れた。

ジュースには、すずらんを活けた水が使われていたようだ。

やはり鈴蘭を活けた水が重要な役割を果たすのは、島田荘司の『鈴蘭事件』だ。御手洗潔シリーズで知られる作家だが、この作品での探偵役は、なんと幼稚園時代のキヨシ。母方の祖母が創立した女子大の構内に植物学を専攻する伯母とともに暮らすキヨシは、大学の正門前に店をだす「ベル」というバーの経営者の娘と親しかった。花が好きなえり子は、女子大の構内の花壇でよく鈴蘭の花を摘んでいた。

ある日、えり子の父親が事故死し、他殺を疑った娘はキヨシに相談する。キヨシは幼稚園児とは思えぬ思考能力と行動力で見事事件の謎を解く。手がかりは、えり子が描いた鈴蘭の絵だった。

♪

吉屋信子の『花物語』には、音楽を扱った「鈴蘭」という一編がある。女学校の講堂に置かれた古いピアノ。放課後は音楽の教師が鍵をかけ、鍵を持って家に帰る。ところが、夕方になると無人の講堂でピアノの音が響きわたる。幽霊か？

講堂に忍び込んだ教師の耳に、「水晶の玉を珊瑚の欄干から、振りおとすような」ゆかしい楽の音が聞こえてくる。月光に夢のように浮かび出たのは、異国の少女だった。

次の日、ピアノの上に鈴蘭の花束が置かれ、鍵が結びつけられていた。ピアノはイタリア人宣教師の持ち物で、亡くなったあと女学校に寄贈されたのだ。弾いていたのはその娘。鍵を持っていたわけである。

少女が弾いたのは、どんな曲だったのだろう？　サロン音楽の作曲家として知られるシドニー・スミス（一八三九〜一八八九）に、その名も『すずらん』というピアノ曲がある。華やかなイントロを持つマズルカ。楽しげにはずむパッセージを弾いていると、鈴蘭の匂いで満たされたホモイの野原がよみがえってくるようだ。

ひまわり

竹久夢二の掌編小説『日輪草（ひまわりそう）』には、熊さんという水撒き人夫が出てくる。役所の紋がついた青い水撒き車を引っ張り、半蔵門から永田町へかけて水を撒いて歩くのが仕事だという。今なら散水車がおこなうところ、人海戦術だったらしい。

情け深い熊さんは、道端のどんな小さな草も大事にした。あるとき、三宅坂の水揚ポンプのそばに一本の草の芽を見つけた。熊さんがせっせと水をやると、日に日に育ち、やがて刺のある蕾をつけ、大輪の黄色い花となって太陽のほうへ顔を向ける。

花の名前を知らなかった熊さんが電車のポイントマンに尋ねると、「日輪草」だと教えられる。太陽の進むほうへ顔をむけてまわるからこの名がついたという。

太陽が沈むと、日輪草もつぼむ。熊さんはたっぷり水をやった。

熊さんの帰りが遅いことをあやしんだお内儀さんが、いったい誰といたのかときくと、日輪草の名前を間違えておぼえていた熊さんは、「ひめゆり」だという。てっきり女の人だと思ったお内儀さんは熊さんを足腰の立たないほどなぐりつけた。

熊さんに水をもらえなくなった日輪草は、その日のうちに枯れてしまった。

五木寛之の小説『冬のひまわり』には、二人の女性が出てくる。一人はおとなしくて目だたない麻子、もう一人は華やかな美女で背の高い遥子。麻子は遥子を夏のひまわり、自分のことを冬のひまわりと呼んでいた。

高校三年の夏、遥子のボーイフレンドが運転する車で鈴鹿サーキットを見に行った麻子は、ささいなことでけんかして車を降りてしまう。スタンドの端の海の見える場所でぼんやりしていたところ、透という青年に声をかけられた。バイク好きの美大生で、鈴鹿の自動車遊園地でアルバイトをしていたのだという。

家が厳しく、九時までに山科に帰らなければならないとべそをかく麻子を、透はバイクの後ろに乗せて送っていく。透の背中につかまって国道一号線を疾走するうち、麻子はすっかり透に恋してしまった。

あまりに恥ずかしくて透に連絡をとることもできない麻子を後押ししたのは、一緒に鈴鹿に行った遥子だった。

遥子に電話で呼び出された透は、横浜から京都までバイクを走らせ、烏丸の喫茶店で麻子と再会する。麻子はそれから毎週透に手紙を書き、二人は毎年夏になると鈴鹿に行き、左手に海の見えるスタンドでレースを見るのだが、それ以上進展しない。

ようやく二人が結ばれた、その年に透はデザインの勉強のためにイタリアに行き、妊娠した麻子はひそかに病院に行き、付き添ってくれた青年と結婚する。

結婚したのちも麻子は毎夏鈴鹿に行き、メインスタンドの端の、海の見える場所でレースを見る。二九歳のとき、少し目眩をおぼえたので出口に向かおうとしたとき、観客のあいだをめちゃくちゃな走り方で突っ走ってくる男が見えた。

イタリアから戻った透だった。帰国してデザイン事務所を立ち上げ、鈴鹿の耐久レースを取材するためにカメラマンを連れて写真を撮りに行き、ピットの上で望遠レンズをのぞいていたところ、思い出の場所に思い出の人を発見したというわけだ。しかし、その場所に行ってみると彼女は姿を消していた。飛び出していきたい気持ちと会いたくない気持ちが交錯し、ずっと遠くに離れたところから二時間も三時間も彼の様子を見守っていた。

こんな状況が二〇年つづいたあと、再び妊娠した麻子は、もう鈴鹿にいかないことを決心する。別れを仲介したのも、親友の遥子だった。

気の遠くなるようなすれ違いで思い出すのは、フランス六人組のひとり、ジェルメーヌ・タイユフェール（一八九二〜一九八三）の回想録『ちょっと辛口』である。タイユフェールは「狂乱の二〇年代」のモダン・ガールで、ヴァイオリニストのジャック・ティボーと恋仲だったこともある。ティボーに捧げられた彼女の『ヴァイオリン・ソナタ第一番』は、ティボー＝コルトーの名デュオによって初演された。

ジェルメーヌをティボーに引き合わせたのは、ピアニストのアルトゥール・ルービンシュタインだ。二人でヴァイオリニストのパウル・コハンスキー（日本で教鞭をとっていたこともあるピアニスト、レオニード・コハンスキーの兄）の家を訪ねると、ティボーも招かれていた。彼女の回想録『ちょっと辛口』によれば、ティボーは声に大変魅力があり、「女性に対して非常に大胆、それがまたとても説得力があった」とのこと。

ジェルメーヌはすっかり彼に夢中になってしまった。しかし、世界中を演奏旅行で駆けめぐり、また世界中に彼女がいるティボーとの恋愛は容易ではなかった。

「それからというもの、私には、寝ても覚めても、ただ待つことと涙しかなかった」と彼女は書く。

彼はそれぞれの都市に数日も留まっていなかった。彼に会おうとすることなど考えてはならないことだった。手紙を書くこともまた容易ではない。なぜなら町の領事館邸に送った手紙は、いつも彼の出発後に届くのだから。（小林緑訳）

今のようにメールや携帯電話のない時代である。三年間でジェルメーヌがティボーに会えたのは一〇回足らず。それもリハーサルやたくさんの約束の間にこっそり会う、三〇分ほどの逢瀬でしかなかった。

結びの神だったルービンシュタインとコハンスキーが見かねてティボーを説得し、二人の仲を終わらせた。

ティボーとの苦しい恋に疲れたジェルメーヌは、ニューヨークのカーネギーホールで『ピアノ協奏曲』が初演されたことをきっかけにアメリカ進出をもくろむ。再度の渡米の際、ある夜会でアメリカの風刺画家ラルフ・バートンに会い、会ったその日にプロポーズされる。アメリカに地歩を築きたかったジェルメーヌは承諾したが、結婚式から一週間後には夫の友人のチャーリー・チャップリンが新婚家庭にはいりこんできたり、作家のシンクレア・ルイスに求婚されたり、波瀾万丈の生活を送ったのち、フランスに帰国する。

パリのブーローニュの森近くの豪邸で再スタートを切ったものの、妻の名声が高まるにつれて「タイユフェールの夫」と呼ばれることに耐えられなくなったラルフは、もともと病んでいた精神にさらに異常をきたすようになる。

パリよりも南フランスで暮らしたいという夫のために、タイユフェールはトゥーロン近くの村サナリーにあるプロヴァンス風の素敵な別荘を購入した。

しかし、あまりにも大きな家で孤独感に陥り、神経質になった夫は、美しいアメリカ女性と浮気をしたが、それでも気が晴れない。ジェルメーヌの妊娠を知って精神錯乱を起し、腹部をピストルで打つ！　と追いまわすなどの騒ぎを起こす。

> 私が恐怖におののくと、ますます強迫的になった。彼は明らかに理性を失っていた。周りには人気もなく、寂しい場所だったので、家から逃げ出した私は茂みの中に身を隠した。銃声が聞こえた。幸い私はまだ人のいる時間に、サナリーの役所に辿り着いた。（同前）

ニューヨークに戻った夫は、妻の流産を知って喜び、病室を埋めつくすほどの花束を贈る。離婚を決意したジェルメーヌは二度と夫に会うことはなかった。彼が翌年自殺したからである。

ちょうどその頃書かれたタイユフェールの作品に、『フランスの花々』という愛らしいピアノ組曲がある。八曲の小品には、プロヴァンスのジャスミン、アンジューのバラ、ルーションのカモミール、ピカルディの矢車菊、ラングドックの向日葵……と、南仏にちなんだ花々がタイトルにつけられている。

簡素な中にさまざまな工夫を凝らすタイユフェールらしいたおやかな音楽の数々だが、それがどんな環境で生み出されたかと考えると凍りつくような思いにとらわれる。

ジェルメーヌはその後、友人を通じて弁護士のジャン・ラジャと出会う。結婚はもうこりごりだったが、流産の思い出が彼女を苦しめ、今度こそ子供が持ちたいと思った。そして、ジャンは大変な美男だったのだ。

一九三一年には待望の娘フランソワーズが生まれ、南フランスのグラースで再婚生活をはじめる。しかし、二度目の結婚生活もまた波乱に満ちたものだった。ジャンは駆け出しの弁護士で収入が少なく、反対に妻は作曲家として成功をおさめていく。ラルフ・バートン同様、「タイユフェールの夫」と呼ばれることに耐えられないジャンは、精神に異常をきたし、妻の作品が初演されるたびに怒り狂い、暴力をふるった。

結核を患い、アルコール中毒でもあったジャンは、スイスのレイザンで療養生活にはいる。ジェルメーヌの唯一の救いは娘のフランソワーズだったが、夫はその娘までも虐待したという。

彩坂美月のミステリー『向日葵を手折る』は、父親に虐待されて育った息子たちの悲しい物語である。

父親が突然亡くなり、東京から山形の山あいの集落に引っ越してきた小学校六年生のみのりは、分校の同級生、藤崎怜と親しくなる。

怜はいつも西野隼人と一緒にいた。怜は大人びた顔だちの穏やかな少年、隼人は強い眼差しをもつ勝気で乱暴な少年だった。平気で弱い者に暴力をふるい、蛇をなぶり殺しにしてしまったりする。しかし、怜はいつも隼人をかばった。

怜と隼人は正反対の性格だったが、二人とも父親に虐待されて育った。支配欲の強い隼人の父は、気に入らないことがあると息子を縛り、晩ご飯ぬきで真っ暗な蔵の中に閉じ込めた。そんなときいつも怜が扉の外にいて、明け方まで話しかけてくれたので救われた。

怜の父親は酒癖が悪く、泥酔すると家の物を壊したり、妻に暴力をふるったりした。飼い犬も虐待し、猟銃で撃ったこともある。

「同じだったんだ」と隼人は言う。

「しんどくてどうしようもないとき、よく、自分の父親を殺す空想をした。オレたちはそんな他愛ない遊びを共有してた。ガキの頃から、ずっと」

その集落では、夏に「向日葵流し」という行事がおこなわれる。向日葵の花を灯ろうに乗せて川に流し、子供の健やかな成長を願うものだという。夏祭が近づくと、生徒たちは体育館に集まり、灯ろうづくりに精を出す。幼いころから絵を描くのが好きだったみのりは、各面にいろいろな夏の花を描いた。校庭では、生徒たちが花壇に植えた向日葵に布をかぶせている。

不思議に思ったみのりが同級生にきくと、「生長期の向日葵って太陽の方向を向いて咲くから。祭りの準備をしてるのを見た向日葵が、切られると知って夜のうちに逃げ出さないように目隠しするんだって。そういう決まりごとなの」と教えられた。

みのりは、向日葵たちが慌てて花壇から脱走する光景を想像して思わず微笑むが、実際にその向日葵の花がすべて切り落とされるという事件が起こる。

村の人々は口を揃えて「向日葵男がやったのだ」と言う。

向日葵男とはいったい何者なのだろう。大人たちは「よそ者」だと言い、子供たちは「子供を殺す怪物、ものすごく力が強い」とうわさする。

「向日葵みたいに背が高いとか、鉈《なた》を持って襲ってくるとか。気がついたときはすぐ近くにいて子供を見下ろしてる」という説もあった。

実際に、小犬が殺されて足だけ地面に埋められていたり、みのり自身が神社の境内で何者かに襲われるという事件も起きた。

『向日葵を手折る』の物語は、この向日葵男の影をちらつかせながら親子の問題、友情の問題に深く切り込んでいく。

　すべての謎が解きあかされたあと、みのりは久しぶりに絵筆を持ち、キャンバスいっぱいに向日葵の花を描いた。夏の日差しをあびて凛と咲く、黄色の花。一面の向日葵畑の中には、手をつなぐ男女と幼い子供を描きこんだ。実現しなかった幸せな親子の風景。

　幸せな家庭を夢みながら実現できなかったタイユフェールの「ラングドックの向日葵」もまた、太陽に顔を向けて咲く、輝きに満ちた花の音楽だ。

菊

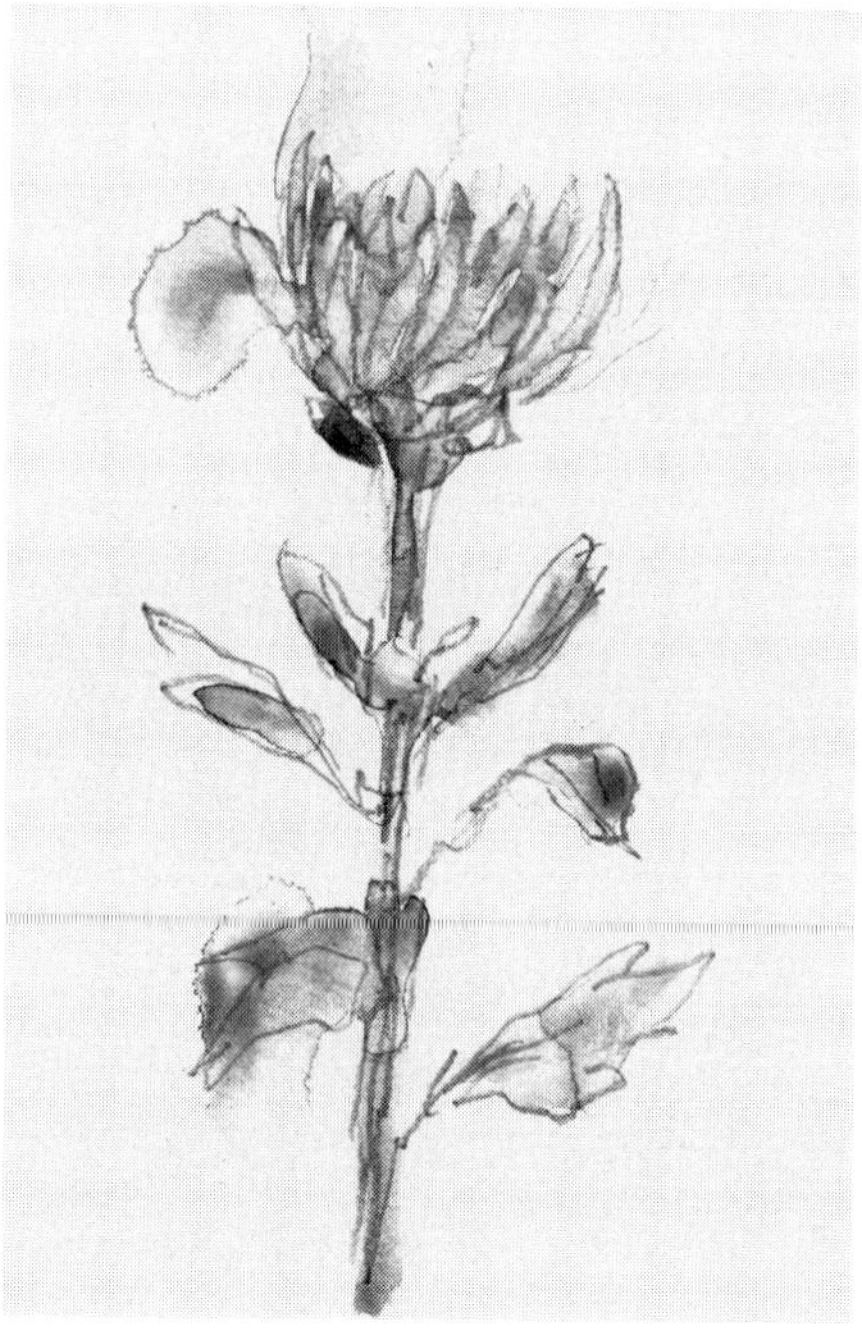

文士の町阿佐ヶ谷に生まれた私は、地元の小学校で学びつつ、土曜日の午後は仙川の桐朋学園「子供のための音楽教室」に通っていた。指揮者の斉藤秀雄、評論家の吉田秀和、作曲家の柴田南雄、ピアニストの井口基成らによって一九四八年に創設された早期教育機関で、一期生には小澤征爾、中村紘子、堤剛ら日本を代表する音楽家がいる。

小・中学生を対象にそれぞれの専攻楽器の他、聴音・ソルフェージュなどの基礎教育を施し、年に二回の実技試験もある。一〇点満点で採点され、八点以上取らないとプロにはなれないと言われていた。

当時はまだ塾に行ったりピアノを習っている子が少なく、「あそびましょ」と呼びにきても「今おけいこだから」と断らざるをえず、つきあいが悪いというので次第に村八分的になり、学芸大付属大泉小学校の編入試験を受け、三年生の夏から転校した。

ここは生徒数が少なく、「きく組」「ふじ組」の二クラスしかなかった。なぜ「きく」なのかなと思っていたが、つい最近、ネットを読んでいてその理由が判明した。

初代師範学校の校長先生が「立派な葉を持つ草には、立派な花が咲く」という信念のもとに、校章と校旗を菊の花に決めたという。

「以来、菊の園に学ぶ児童を『きくの子』と称し、実際に児童自らの手で菊を育てる活動を行ってきました。毎年秋に行われる『きくまつり』では、四月から児童一人ひとりが大切に育ててきた菊が学校中に飾られ、開校のお祝いに彩りを添えます」

それはよく憶えていないけれど、紋章はたしかに菊の花だった。

大泉小学校はいたって庶民的な学校だったけれど、菊は皇室の紋章でもあり、どことなく高貴なイメージがある。

芥川龍之介の『舞踏会』は、次のようなシーンではじまる。

明治一九年一一月三日の夜、一七歳の令嬢明子は、父親のエスコートで鹿鳴館の階段をのぼって行った。ガス灯に照らされた階段の両側には、三色の菊の花が三重の籬をつくっていた。階段の上は舞踏室で、陽気なオーケストラの音が溢れていた。

それは彼女の初めての舞踏会だった。バラ色の舞踏服、頸にかけた水色のリボン、濃い髪に匂っている一輪の薔薇……。明子のいでたちは階段ですれ違う人々の目をひいた。舞踏室のいたるところに大輪の菊が咲き乱れていた。

明子がきらびやかな貴婦人たちの中にはいるやいなや、一人のフランス人の海軍将校が踊りを申し込んでくる。ワルツはヨハン・シュトラウス二世の『美しく青きドナウ』。

フランス人将校は、頬が日に焼け、目鼻立ちのはっきりした、濃い口髭のある男だった。彼は踊りながらフランス語で彼女に話しかける。舞踊とともにフランス語を学んでいた明子は彼のお世辞に「恥しそうな微笑」を浮かべる。

フランス人将校の目はこんな疑問を呈しているようだった。

「こんな美しい令嬢も、やはり紙と竹との家の中に、人形のごとく住んでいるのであろうか。そうして、細い金属の箸《はし》で、青い花の描《か》いてある手のひら程《ほど》の茶碗から、米粒を挟《はさ》んで食べているのであろうか」

ポルカやマズルカを踊ったあと、明子はフランス人将校と腕を組んで階下に下りる。広間には軽食が用意されていた。将校は明子をテーブルにいざない、二人はアイスクリームを食べた。彼の目が自分の手や髪や水色のリボンをかけた頸に注がれているのに気づいた明子が、気をひくように「西洋の女の方《かた》はほんとうに御美しゅうございますこと」と言うと、将校は首を振って「日本の女の方も美しいです。殊にあなたなぞは……」と言う。

「そのまますぐに巴里の舞踏会へも出られます。そうしたら皆《みんな》が驚くでしょう。ワットオの画の中の御姫様のようですから」

明子はワットオの絵を知らなかった。

三二年後の秋、鎌倉の別荘へ赴く途中の汽車の中で、明子は偶然顔見知りの小説家の青年に会った。網棚の上に菊の花束を置いた青年を見た明子は、菊を見るたびに思い出すと言って鹿鳴館の舞踏会のことを語った。

「奥様はその仏蘭西《フランス》の海軍将校の名を御存知ではございませんか」と青年はきく。

「存じて居りますとも。Julien Viaud と仰有《おっしゃ》る方でございました」

「では Loti だったのでございますね。あの『お菊さん《きくふじん》』を書いたピエル・ロティだったのでございますね」

青年が興奮して言うと、明子はこうつぶやくばかりだった。

「いいえ、ロティと仰有《おっしゃ》る方ではございませんよ。ジュリアン・ヴィオと仰有る方でございますよ」

ジュリアン・ヴィオはロティの本名だったらしい。

芥川の「舞踏会」そのものが、ロティの『江戸の舞踏会』のパロディなのだ。

作中に出てくる『お菊さん』はオペラになっている。作曲したのはアンドレ・メサジェ（一八五三〜一九二九）、台本はジョルジュ・アルトマン。二人ともドビュッシーと縁の深い人物だ。メサジェはドビュッシーの唯一のオペラ『ペレアスとメリザンド』初演時の指揮者だった。アルトマンはボヘミアン時代のドビュッシーのエディター兼パトロン。

『お菊さん』の初演は一八九三年だから、ドビュッシーが『ペレアス』に着手した年だ。フランスでの上演は一六回で打ち切られ、一九二〇年にアメリカ初演がおこなわれた。このときお菊さん役を歌ったのが三浦環。後発のプッチーニ『蝶々夫人』に圧され、一九二九年のカナダ公演が最後になったが、二〇二一年五月に日本橋オペラで蘇演された。

登場人物名が傑作だ。ヒロインのお菊さんはフランス語で菊を意味する「マダム・クリザンテーム」、主人公はロティの名前そのまま「ピエール」。芸者斡旋係の勘五郎はカンガルーを意味する「カングルー」、お菊さんの育ての父である佐藤さんは「砂糖」を意味する「ムッシュ・シュクル」、母のお梅さんは「マダム・プリュヌ」。

芸者仲間の苺さんは「マダム・フレーズ」、水仙さんは「マダム・ジョンキル」、釣鐘草さんは「マダム・カンニュル」とフランス語の名前がついている。お雪さんだけが想像される「マダム・

ネージュ」ではなく「オユキ」なのがおもしろい。

長崎の港にフランスの軍艦ラ・トリオンファンタン（大勝利というような意味）が入港する。士官のピエールと部下のイヴが日本に思いをはせていた。港に集まってきた人々の中に、お菊さんという美しい芸者がいる。江戸生まれだが家が没落して長崎に売られ、砂糖氏と梅夫人に育てられた。音楽学校で声楽も学んだという。

お菊さんは、斡旋業者のカングルーの仲介でピエールの現地妻になる。しばらく仲むつまじく暮らしたが、嫉妬深いピエールにイヴとの間を疑われたり、神社で歌ったことを咎められたり。このときお菊さんの歌ったアリアが、ほぼ百年間上演機会のなかったこのオペラで唯一歌いつがれてきた「お聴きなさい、蟬たちの声を」だ。紆余曲折ののちに元の鞘におさまったと思ったら軍艦が出港することになり、お菊さんはイヴにピエールへの手紙を託す。

『お菊さん』は、実際にロティが海軍士官として長崎に停泊し、一八八五年のひと夏を現地妻と暮らしたときの経験をもとに書かれている。その後横浜に行き、天皇誕生日を祝う鹿鳴館での舞踏会にも出席している。芥川龍之介「舞踏会」のもとになった『江戸の舞踏会』は、このときの模様をドキュメンタリー風に記したエッセイだ。

指定された日時に横浜駅に行ってみると、待合室は盛装した在留外国人であふれていた。約一時間ののち、列車は「エド」に着く。停車場には全身黒装束の男の一群が迎えに飛んでくる。これが「ヂン・リキ・サン」だった。行き先は「ロク・メイカン」。芥川の小説にもあるように、ロティはそこで「派手な花模様の」淡い薔薇色の服を着た小柄なひと——年はせいぜい一五歳位の——「日本の最も立派な一工兵将校の令嬢」に会い、ダンスを申し込む。そのあと階下に降り、アイスクリームを食べた話もそのままだ。

ほんとに彼女は、わがフランスの(といっても実際は多少田舎の、カルパントラスとかランデルノオ地方の)嫁入前の若い娘のように、まったく上手に洋服を着こなしている。また彼女はぴったりと手袋をはめたその指の先で、匙を使って巧みにアイスクリームを食べることもできる。——けれど間もなく、彼女は紙障子のはまったどこぞの自分の家に帰って、他のすべての婦人たちと同じように、彼女の光ったコルセットを外したり、鶴やあるいはありふれた別の鳥を繡取った着物を着たり、床の上に蹲って、神道か仏教かのお祈りを唱えたり、箸の助けをかりて、茶碗の中の御飯で夕食をしたためたりする筈である……わたしたちはすっかり仲良しになる。

私がフランスに留学したのははるかのちの一九七五年だが、日本人の少ないマルセイユだったためか、同じように物珍しげに眺められたり、「本当に木と竹でできた家に住んでいるのか?」「畳の上は膝で歩くのか?」など、風俗習慣についていろいろ尋ねられたおぼえがある。

舞踏会の最後、ロティは庭園で打ち上げられる花火を眺めながら、「自分の腕の中に懇ろにミョーゴニチ（あるいはカラカモコ）嬢の腕を抱きしめる。あらゆる種類の言葉で一度に彼女に話しかけたい、剽軽なしかも無邪気な数多くの事柄が、わたしの脳裡に浮んでくる。全世界が、この瞬間、わたしには縮小され、凝結され、結合され、そうして全く滑稽なものに変ったように感じられる……」

芥川の小説で、明子から「何を考えているのか」ときかれた海軍将校は、こんなふうに答える。「私は花火の事を考えていたのです。我々の生《ヴィ》のような花火の事を」

♪

『蝶々夫人』の作者プッチーニ（一八五八〜一九二四）には、その名も『菊』というタイトルの弦楽四重奏曲がある。パトロンのスペイン国王アメーディオ一世が四四歳で急死し、追悼のために一夜で書かれたという。切々と歌われるテーマは、作曲中のオペラ『マノン・レスコー』第四幕の二重唱「君の重みを全部僕にかけ給え」にも転用されている。

チューリップ

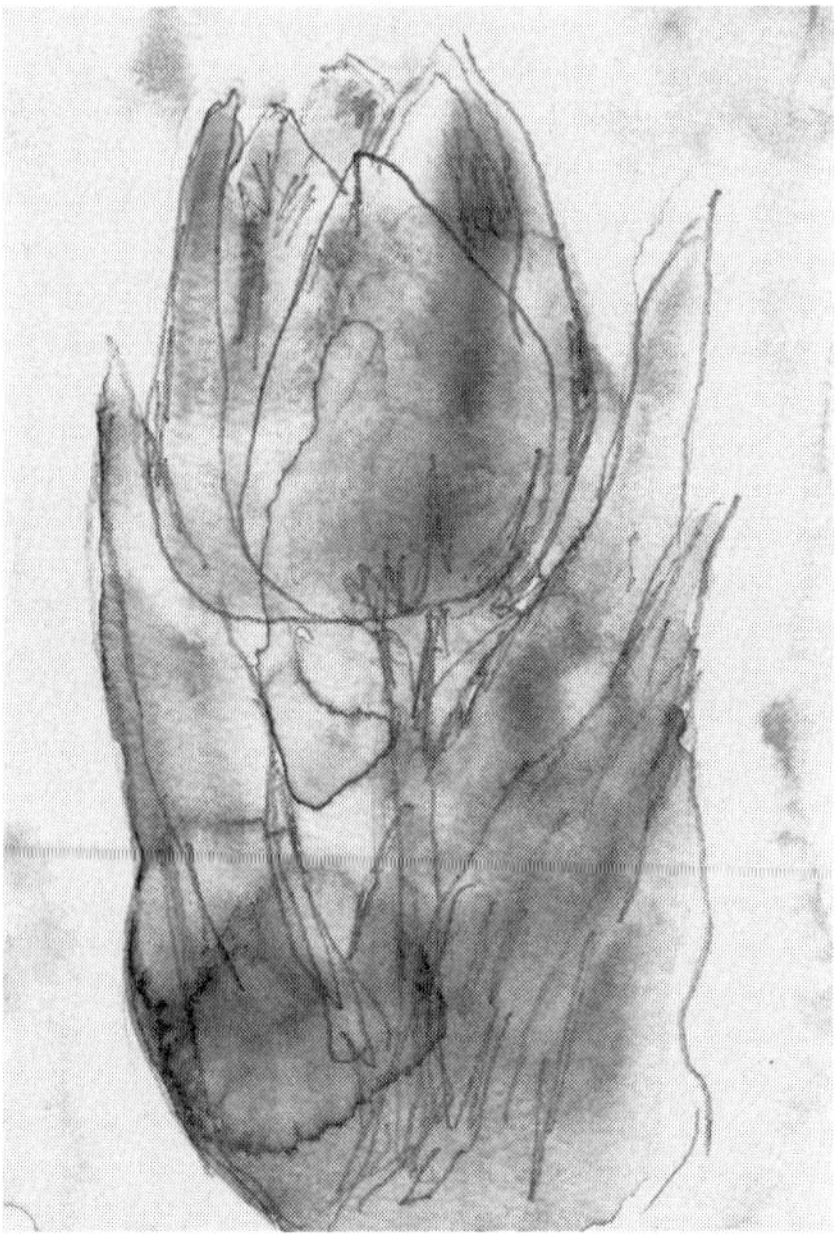

二〇世紀初頭のパリで活躍したエリック・サティ（一八六六〜一九二五）に、「童話音楽の献立表」というピアノ組曲がある。二曲目は、「チューリップの小っちゃな王女さまが何んて仰言ってるか知ってる？」。長いタイトルのわりには、曲はたったの二ページ。楽譜の上にせりふが書きつけてある。

「わたし、キャベツ・スープが大好きなの」と、王女さまは言う。
「でも、かわいらしいママの方がもっと好き」。

アンデルセン童話の『おやゆび姫』のママは、子宝に恵まれないので魔法使いから大麦の種をもらってきた。植木鉢にまいたところ、きれいなチューリップが咲いた。赤と黄色の花びらにキッスすると、花がぱっと開き、緑色のめしべの上に、小さな女の子がちょこんと座っていた、とある。ほんの親指ほどの大きさだったので、「おやゆび姫」と呼ばれた。

ゆりかごはきれいにニスを塗ったくるみの殻、敷ぶとんは、青いすみれの花びら、掛け布団はばらの花びら。いかにもよい匂いがしそうだ。

昼間はテーブルの上で遊んだ。ママがお皿に水を入れ、チューリップの花びらを一枚浮かせると、おやゆび姫はその上に座り、白い馬の毛を櫂がわりに使ってお皿のはしからはしまで漕いでいく。

チューリップの上で遊んでいる間はよかったが、みにくいひき蛙に息子のお嫁さん候補として拉致されてからは波瀾万丈の人生。コガネムシにさらわれたり、森の中で寒さにふるえたり、もぐらのお嫁さんにされかけたり……。

新美南吉の『チューリップ』は、ものさびしい情緒を漂わせた佳編だ。

君子さんは学校の帰りみち、友達のノリ子さんに「うちで咲いたチューリップ」の自慢をする。お花やさんが売りにくるのよりも五倍もきれいで、クレヨンの赤よりずっと鮮やかで、口紅にできそうなくらい赤い。

何を言っても「あら、そをを」しか言わないノリ子さんに君子さんは、「ノリ子ちゃんがあの花寫生なさつたら最優等よ、きつと」とすすめる。

明日の朝球根を持っていくと約束して別れた君子さんだが、翌日ノリ子さんの家に行ってみるとお姉さんが出てきて、熱があるので学校に行けませんという。

帰宅した君子さんは、チューリップの球根を庭のゆすら梅のかげに埋める。春になって花が咲いたらノリ子さんにあげようときめたのだが、ノリ子さんは病気が治らないらしく、クリスマスが来てお正月がきても学校にあらわれず、とうとう再び春が来てしまった。

ある日の夕方、学校の帰りにノリ子さんの家の前を通りかかると、パジャマ姿のノリ子さんがお姉さんに手をひかれて庭をそろそろ歩いているのが見えた。

病気が少しよくなって歩く練習をしているのだろうか。垣根のところでいったん立ち止まり、「きれいな夕焼……」とつぶやくノリ子さんに合わせてお姉さんも空を仰ぐ。その目に涙が溜まっていることが、垣根の影でのぞいている君子さんにもわかり、「何だか泣きたいような氣持」になった。

帰宅してみると、チューリップの蕾がゆすら梅のかげでほころびかけていた。

チューリップといえば、オランダ。マイケル・ポーラン『欲望の植物誌』によれば、オランダに「チューリップ熱」が巻き起こったのは、一七世紀中ごろのことであるらしい。花の詳細と出荷予定日を記した手形が証券のように取引され、珍しい品種はどんどん値がつりあげられた。赤と黄の縞模様のものはひと月で一〇倍以上、しぼりのはいった花は、何と三〇倍にはねあがったという。

アレクサンドル・デュマの『黒いチューリップ』は、ちょうどその時代のチューリップ栽培合戦をめぐる壮大なロマンである。

園芸協会が黒いチューリップに莫大な賞金を出すことになり、栽培家たちはこぞって育成に精を出していた。天才的園芸家のコルネリウス・ファン・バールはコーヒー色のチューリップを栽培するまでになっていたが、隣に住むボクステルという名のライバルに密告され、無実の罪で投獄されてしまう。

ボクステルは、コルネリウスが出現したおかげでオランダの著名なチューリップ園芸家のリストから消されてしまい、そのことを大変恨みに思っていた。ボクステルが塀に梯子をかけ、隣家の花壇を望遠鏡で覗き見るシーンはなかなかおもしろい。

おお！　この嫉妬にもえた不幸な男が、梯子によりかかって、ファン・バールの花壇の中に、目もくらむばかり美しく、息もつまるほど完璧なチューリップを、いったいいくたび見たことであろうか！

やがて、どうしてもおさえきれない感嘆の時期がすぎると、彼は、熱病のようなねたみ心にさいなまれた。この病気は、胸をむしばみ、心を、おたがいに噛みあっている無数の小さな蛇に変えて、おそろしい苦痛を生む醜悪な源になるものである

ボクステルは、夜中に庭にとびおり、植えられているものを踏みあらし、球根を歯で噛みくだき、持ち主自身までもぶち殺してやりたい衝動にかられる。

しかし、チューリップを殺すことは、真の園芸家の目から見れば、これは恐るべき罪悪なのだ！

人を殺すことは、まだ許される。

おいおい。

捕らえられる際、ひそかに側芽（茎と葉の間から出る芽）を三つ持ってきたコルネリウスは、牢

番の娘ローザと恋仲になり、そのひとつを自分のかわりに栽培してもらう。

「あの側芽は、石器の上等な壺の中にはいっています」とローザは報告する。

「前にあなたが側芽をおいれになっていた壺とちょうど同じ大きさのものなんです。土も、庭のいちばんよい所から取ってきた土を四分の三、それに道路からの土を四分の一にして、まぜ合わせて、その中に埋めてあります。」


コルネリウスが日当たりについて質問すると、ローザは完璧な答え方をする。

「ああ！　ローザ、あなたはいい人だね！」とコルネリウスはつぶやき、園芸家としてよりはむしろ恋人としての眼差しを若い娘に投げかけるが、すぐにまたこう質問する。

「それで、側芽に土をかけてから、もうこれで六日になるんだね？」「まだ芽が出ない？」

さきほどコルネリウスとローザは恋仲だと書いたが、本当にそうなのだろうか。遠隔操作で貴重な側芽を栽培させてくれる都合のよい存在なのではないか。会話をすすめるうちにローザは、あなたに会ってからずっと感じていた悲しみがひとつある、と言う。

あなたが花を愛しているってことは、そんなこと、わたしはちっとも気にしていないんです。

いんです。
（中略）ただ、あなたが、わたしを愛するよりも、花のほうを愛しているってことだけが悲しいんです。

恋敵が花とは、なかなか微妙だ。ローザは、恋人の心を奪うチューリップに焼き餅を焼きながらも、見事に黒い花を咲かせることに成功する。

ローザが鉄格子の間から見せてくれた黒いチューリップは背が高く華やかで、花は黒玉のような美しい輝きを放っていた。
「その花に接吻してあげてね」と娘は言う。
「コルネリウスは、息をひそめて、その唇のさきで花の先端にふれた。たとえそれがローザの唇であろうと、いままで女性の唇にあたえる接吻で、これほど深く彼の心にはいったものはなかった」（松下和則訳）

現存する最も黒に近いチューリップは「夜の女王」という魅力的な名前を持っている。ややえび茶がかった艶のある濃い茶色の花。チューリップの品種は長つづきしないので、育種家たちは新たな黒い花の栽培に躍起になっているという。

♪

桐朋学園の「子供のための音楽教室」に通っていたころ、ピアノの先生のご主人は奥村一（一九二五～一九九四）という作曲家だった。「はじめ」と読むのだが、仲間うちでは「ワンちゃん」と呼ばれていた。

先生はとても厳しい方だったが、ご出産やご病気でレッスンできないとき、「ワンちゃん」が代行に出てきて、課題を全部合格にしてくださるので嬉しかったおぼえがある。

その「ワンちゃん」のピアノ組曲『花によせる三つの前奏曲』の中に「チューリップ」という曲がある。最初のほうはドビュッシー『版画』の「グラナダの夕暮れ」によく似たハバネラのリズムで彩られている。中間部は分散和音で盛り上がり、同じ『版画』の「雨の庭」そっくりの閃光のようなアルペッジョが降りそそいでハバネラのリズムに戻り、最後は単音になって霧の中に溶け消える。

「ワンちゃん」はまた、『おやゆびひめ』を題材に朗読とピアノのための組曲を書いている。「花の中の女の子」はゆったりした可憐な曲。「みにくいひきがえる」は跳ねるようなリズムのコミカルな曲。「すいれんのはにのって」でおやゆびひめは、流麗なアルペッジョに乗ってどんどん流される。「けがをしたつばめ」では、やさしく看病してあげる。「みなみのくにへ」では、回復したつばめの背中に乗って空を飛んでいく。最後は「はなのごてんと結婚式」。南の国のお花畑に降り立ったおやゆびひめは、めでたく花の国の王子さまと結婚する。

彼岸花

『彼岸花』といえば、里見弴の短編にもとづく小津安二郎の映画を思い浮かべる人が多いだろう。『彼岸花』は一九五八年作、白黒の映像美で知られた小津監督初のカラー映画だった。結婚を認めたくない頑固親父に佐分利信、その妻に田中絹代。長女は中村（萬屋）錦之助と結婚したことで知られる有馬稲子。その恋人に佐多啓二。中井貴恵、貴一の幼い姉弟を残して交通事故で亡くなった二枚目俳優だ。長女の親友に山本富士子、その母親に浪花千栄子（なつかしい！）。佐分利

の友人に、小津映画ではおなじみの笠智衆、その娘に公家出身の女優、久我美子という往年の大スター勢ぞろいだ。

タイトルが『彼岸花』だからだろうか、小物に赤が目立つ。赤いやかんにはじまり、赤い鞄、赤いラジオ、赤いチェックのテーブルクロス、赤い帯、赤いのれん。有馬稲子の紺色の着物のすそにちらっと見える赤い裏地、等々。小津の代名詞のようだった「白黒の画面」からカラーに移行するにあたって、小津はドイツのカラーフィルムを選んだという。理由は赤の発色のよさだったというから、こだわりようがわかろうというもの。

ストーリーは至って明るい「娘の嫁取り物語」。親子の間でも丁寧な言葉遣いが昭和を感じさせるが、墓に咲く不吉な花という「彼岸花」のイメージはあまりない。

怪奇幻想好みの私は、新田次郎の小説『彼岸花』の方がずっと性に合う。

東京近郊にぽつんぽつんと建てられた新興住宅に、義男という六歳になる少年が住んでいる。幼稚園には行かず、隣に住む澄江の家で遊んでもらっていた。三毛猫と暮らす澄江は、ときどきぼんやり考えこんでしまうこともあったが、いつもやさしい声で童話を読んでくれた。

絵本に飽きると、散歩に行く。裏山をまわったところに小さな墓地があり、一面に赤い花が咲いていていた。義男が名前を尋ねると、澄江は「彼岸花っていうのよ。まんじゅしゃげともいうわ」と答える。

義男にはその血のように赤い花が敷きつめたように咲いているお墓が美しく見えた。その花を取って帰りたいと思った。童女の髪のように長い鮮紅色の花弁のひとつひとつをむしってみたいとも思った。

しかし、花のほうに手をのばすと、澄江はいつになくきつい声で、お墓の花は取るものではないとたしなめる。なぜ取ってはいけないのかときくと、「この花は死んだ人たちの花だから、生きている人たちが鑑賞する花ではない」という答えが返ってくる。しまいに澄江は、自分が死んだら墓にこの花を植えてくれと言って、ひどく暗い顔をした。

散歩の帰り道、雑木林の木の切り株のあたりに彼岸花が咲いているのを見つけた義男は、お墓ではないから取っても大丈夫だろうと思い、両手にいっぱいつんで澄江に渡す。しかし彼女は叫び声をあげて尻餅をつき、顔を恐怖にゆがめた。

義男がなおも花を手に彼女のあとをついていくと、澄江はもとあったところに捨ててきなさいと言う。

その花は毒なんですよ。その折った茎から出る汁が毒なんです。毒花だから、家の庭に植えないってこともあるんですよ。とにかく、その花は縁起が悪い花なんです。

やがて澄江は姿を消し、義男は、かつて彼岸花が咲いていた雑木林の木の切り株あたりにこんもり盛り上がった土塚を発見する。

死に魅入られた薄幸の女性と少年のふれあいが、華やかな、しかしどこかはかなげな彼岸花に託してしみじみと語られる。

彼岸花は「まんじゅしゃげ」とも呼ばれるが、山口百恵のヒット曲『曼珠沙華』（阿木燿子作詩・宇崎竜童作曲）はサンスクリット語を反映させて「まんじゅーしゃか」と読むらしい。

涙にならない悲しみのある事を知ったのは
ついこの頃
形にならない幸福が何故かしら重いのも
そうこの頃
あなたへの手紙
最後の一行　思いつかない
どこでけじめをつけましょ

歌詞を読むかぎり、別れの歌のようだ。ギターをバックに歌う山口百恵の歌声は、突き放したような歌唱で、「どこでけじめをつけましょ」の各節でかすかにかける小節が「涙にならない悲しみ」を漂わせる。

サビではこう連呼される。

マンジューシャカ　恋する女は
マンジューシャカ　罪作り
白い花さえ真紅にそめる

『曼珠沙華』といえば、本家本元は北原白秋作詩・山田耕筰作曲。

GONSHAN　GONSHAN　何処へゆく
赤い御墓の曼珠沙華　曼珠沙華
今日も手折りに来たわいな

「GONSHAN」とは白秋の故郷、柳川地方の方言で「良家のお嬢さま」の意味。こちらは「曼珠沙華」「ひがんばな」と読ませている。クラシックの歌手も多くとりあげているが、美空ひばりの歌唱が圧倒的だ。凄味のきいた低音、はかなげな語尾、澄んだファルセット、演歌ふうの小節《こぶし》とあらゆるテクニックを駆使して表情豊かに歌いあげる。

美空ひばりは一九三七年生まれだが、その一年後、三八年に生まれた作曲家八村義夫に『彼岸花の幻想』というピアノ曲がある。ちなみにひばりが亡くなったのは八九年で五二歳のとき。八村は彼女よりさらに短命で、八五年に四六歳の若さで亡くなっている。

八村が作曲家として出発し、活動した一九六〇～七〇年代は、いわゆる前衛音楽全盛の時代で、より実験的、斬新な語法を探しもとめていたようなところがあり、彼のように情念を前面に出す、表現主義的な作風は時代遅れとみなされることが多かった。八〇年代には作曲界でもロマンティシズムへの回帰がはじまったが、波がくる前に命が尽きてしまったのは残念でならない。

ピアノ曲はたった三作しか残していないが、『彼岸花の幻想』は、彼自身が講師をつとめていた「桐朋学園子供のための音楽教室」の依頼で作曲され、一九六九年六月、同教室の編集による『こどものための現代ピアノ曲集』におさめられている。

子供たちにも二〇世紀音楽の書法・技法を学んでほしいという願いからだろうが、八村の作品は子供向けではまったくなく、激しい不協和音、トーンクラスターなどが頻出する。同アルバムは音楽教室に学ぶ子供たちによってLPレコードにも収録されているが、『彼岸花』を担当した弾き手はさぞ苦労したことだろう。

私自身、「音楽教室」で八村に旋律書きとりを習ったことがある。先生がピアノで弾く簡単なメロディを五線譜に書き取るのだが、黒板に解答を書くとき、八村はひとつひとつの音に臨時記号をつけ、子供たちにからかわれていた。課題のメロディは調性音楽なので最初に調号をつければよいのだが、いわゆる無調音楽の書き手だった八村はその癖が出てしまったのだろう。

その後接点がなかったが、一九八五年一月、「現代日本の幻想的作品を集めて」と題したリサイタルを開いたとき、武満徹の『閉じた眼』や矢代秋雄の『ピアノ・ソナタ』とともに八村の『彼岸花』を弾いている。その少し前、おそらく八四年暮れぐらいに八村の自宅を訪れ、演奏についての意見を求めた。八村の年譜を見ると、八三年に結腸癌で入院してからは体調が思わしくなく、八五年六月には亡くなっているから、最晩年ということになる。

その後、一九九〇年一〇月に「残酷なやさしさをもって」と題したリサイタルで再演し、平成二年度文化庁芸術祭賞を得ている。このとき、『彼岸花』を演奏中にピアノの高音部の弦が切れ、演奏を中断して張り替えるというアクシデントが起きた。普通に考えれば失敗なのだが、審査員には強烈なインパクトを与えたようで、受賞も少なからずそのおかげを被ったようである。残念ながらこのとき、八村はこの世にいなかった。

『彼岸花』について、八村自身は『こどものための現代ピアノ曲集』の「作曲者の言葉」で次のように書いている。

彼岸花は墓の近辺などによく咲いている。地面から突出た、葉のない、うすみどり色の茎の上に、大型の花が一輪あるさまは、見る者に、一種の予兆的な、あたりの空気のうごきを麻痺させるような印象をあたえる。私は小さいころ、長野県の上田で出会ったときの、その鮮烈な感動を忘れることはできない。

魂をしぼり出すような曲だ。気が遠くなるほど長くのばされた音が、クラスターの手法で少しずつ増えていく。やがて空気を切り裂く連打音が炸裂し、陽炎のゆらめきのような和音の連続が大きなうねりを描く。

ほとんどが不協和音で書かれている中で、一カ所だけ美しいニ長調の和音がきらきらとオルゴールのように響くところがある。

八村にレッスンしてもらったとき、彼はその箇所を自分で弾きながら、ここは幽霊を見たように……と言った。一瞬、燃え立つ彼岸花が目の前にあらわれたような気がした。

朝顔

朝顔やつるべ取られてもらひ水

加賀千代女の有名な句だ。

井戸のつるべに朝顔のつるが巻きついているので水を汲むことができない。仕方なく近所に水をもらいに行くという心やさしい内容だが、ことほど左様に朝顔は成長が早い。

我が家のピアノ室はほぼ窓のない防音室なのだが、東側の窓だけがやや大きく、朝陽が当たるので、家人が朝顔を植えた。窓に斜めにすのこをかけ、そこに蔓をはわせる。あっという間につやつやした緑の葉がすのこを覆い、私道を隔てる柵にまでつるをのばし、家族用の出入り口をふさいでしまった。

小学校低学年の夏休みには、小さなレンガの鉢に何粒か種を蒔き、家に持ち帰って観察日記をつける宿題が出たものだ。しかし、間違っても種を口に入れたりしてはいけない。お腹をこわしたり幻覚をひきおこす可能性がある。

ここで紹介する二つの物語にも、朝顔の持つ毒性が不気味な影を落としている。

曾野綾子『天上の青』のヒロイン、波多雪子は、すのこでも柵でもなく、庭先の枯れ木に西洋朝顔を咲かせていた。朝陽が煙る中、垣根のそばで手入れをしている雪子に、一人の男が声をかける。

「きれいな青だなあ」

それだけならどうということもなかったが、男の現れ方が少し不思議だった。道の向こう側を歩いていたのに、わざわざ道を「まっすぐ斜めに」横切って雪子のほうにやってきたのだ。

朝顔はたしかにきれいだった。三メートルほどの幹にからみつき、木全体をあざやかなブルーで彩っている。男が賛嘆してみせたのは、単にその美しさに打たれたからだろうか、それとも、植え込みの影にしゃがんでいる雪子を意識したのか。

花の名を問われた雪子は当惑をおぼえながら立ち上がった。パーマをかけていない髪にはまだ櫛を通していない。

「『ヘヴンリー・ブルー』っていうんです」と説明する。

「『天上の青』っていうような意味だそうです」

一つの花茎に複数の花をつける西洋系で、日本の朝顔に比べると開花時期も長い。

声をかけてきた男は三〇を少し越えたぐらいで、眉の濃い優しい顔だちは、五年前に死んだ弟を思わせた。六〇歳で亡くなった父の面影にも似ていた。

ひとしきり雪子としゃべった男は、「来年蒔いてみたいので種を取っておいてくれ」と言い残して立ち去る。

雪子が朝顔の種を採取しても、秋になっても冬にさしかかっても男はいっこうにやってこなかったが、一二月初めの薄曇りの日に姿を見せ、当然のように朝顔の種を所望した。

寒い日だったので雪子はストーブのある仕事場に男を通し、茶と饅頭をふるまう。

朝顔の種を受け取った男は、雪子の電話番号をきいて立ち去った。

翌日、落ち葉掃除をした雪子が道路の向こう側の田圃に捨てに行くと、朝顔の種を入れた封筒が落ちていた。わざわざもらいに来たのに捨てるとはどういうことだろう、と、雪子は不思議に思った。ポケットからものを出すときに落ちたのに気づかなかったのかもしれない。

電話番号がわかれば問いただしてもよいが、男は家には電話してほしくないと言った。客観的にみれば花を使った新手のナンパであることは明らかなのだが、雪子は男を責めるでもなく、湿った種をティシューの上に広げて乾かす。

「人は、いい人とだけ付き合う、というものでもないだろう」という考え方が雪子の信仰を象徴しているのだろう。

『天上の青』はクリスチャン作家である曾野綾子がはじめて手がけた犯罪小説で、男のモデルは連続婦女暴行殺人事件の犯人、大久保清とされている。宇野富士男というその男は、女性と関係を持っては殺害し、遺体を埋める凶暴な殺人鬼だったが、雪子には危害を加えず、訪れるたびに優しく接する。

雪子の態度も不思議だ。朝顔の種について問いただすこともせず、かといってだまされているというわけでもなく、宇野の嘘は明確に見抜くのだが、ごく自然体で接する。

ドライブデートでてんぷら屋に行き、天丼を待つ間に結婚しているのかときかれて、しようと思ったことはある、と答える。家族持ちしか住めない住宅供給公社のアパートに応募しようと思った婚約者は、雪子に申請させ、当たったところで他の女と結婚した。そのアパートが、ちょうどそのてんぷら屋の窓からみえる。

天井を食べながら、富士男からホテルに誘われるが、断る。しかし、男が電話したり会いに来たりするのは拒まない。

富士男は裁縫仕事の手を休めない雪子に向かって、最近のいろいろな出来事を報告する。たとえば、処女を一人犯した、というような話をする。その前に人妻も……。自慢話のようにして語るのを、雪子は糾弾するでもなく、同じテンポで手を動かしながら穏やかに聞いている。

その後、富士男は処女を殺し、人妻をも殺害するのだが、そのあとも水仙の花束を持って雪子の家にやってくる。「いろんなことがあった」とつぶやく男に雪子は「話せば楽になる」とうながすが、雪子を共犯に巻き込むことを恐れる富士男は、頑として話そうとしない。

二人のやりとりには、静謐な時間が流れる。

富士男には「会いたくない奴がたくさんいる」のだが、雪子はほとんどいないと言う。「あんたを捨てて他のばか女と結婚した昔の男なんかには、会いたくないだろう?」ときかれても、「会っても全然かまわないわ」と答える。

彼が幸福に暮らしているなら、自分でなくてよかったと思う、もし不幸だったら、悲しくなるけれど、そのままにしておく。

雪子は「ほっておきなさい」「その人がしたいようにさせておきなさい」という言葉を聖書の中で学んだという。イエスはそんな言いまわしをよく使う、と。

私はクリスチャンでも作家でもないが、作曲家や演奏家や文学者の評伝を書いていると、一般的なモラルの範疇ではおさまらないことも容認しなければならないときがある。というより、そんなことばかりかもしれない。

たとえばフランス近代の大作曲家クロード・ドビュッシー。彼は、まだ学生のころに支援者の若い妻と通じ、ボヘミアン時代を支えた愛人と最初の妻をピストル自殺未遂に追い込んでいる。極悪非道なのだが、もっとも悪いことをした時期にもっとも傑作を書いていたりする。

もし自分が裏切られた側の人間なら、やはり憎しみが先に立つだろう。しかし、評伝作家としては、すべてを包み込む広い視野で見なければならない。書きすすむうちに、自分もまた共犯者のようなうしろめたさにとらわれる。

雪子の在り方を象徴するような「天上の青」は、物語の最後に印象的な形で登場する。

富士男はその後も殺戮を繰り返し、六人の命を奪った罪で逮捕されて死刑を宣告される。死刑が執行された日、そのことをテレビのニュースで知った雪子は、一瞬椅子につかまって体を支え、それから食堂に行く。ふと庭先に目をやると、枯れ木に絡ませた朝顔が信じられないような鮮やかさで咲いているのが見えた。

季節はもう夏ではなく、一〇月をすぎていたが、「天上の青」は秋の陽ざしの中にしっかりと十数輪もの花をつけていた。外来種の系統の花は、晩秋まで咲きつづけるらしい。

「今、花は、幻ではなく、朝風の中で微かに揺れていた。それは富士男が帰ってきたような光景であった。永遠の宇宙の彼方に漂い去ったのではなく、彼は花を見に帰り、花を通して無言の挨拶を送っている、と雪子には感じられたのであった」というラストは美しい。

東野圭吾『夢幻花』にはプロローグが二つあり、そのひとつは朝顔市のシーンで始まる。蒲生家では毎年七夕の夜に家族揃って鰻を食べにいくという風習がある。次男の蒼太も鰻が大好きなので異存はないが、その前に入谷で開かれる朝顔市を両親と兄と見てまわらなければならないのがいささか面倒だ。

その年、一四歳になっていた蒼太は、靴擦れを理由に見物を免れ、中央分離帯に腰掛けていると、浴衣姿の少女が隣に坐った。きくと、彼女もまた家族のつきあいでいやいや来ているという。話しているうちに、伊藤孝美という名前で、同じ中学二年生ということがわかった。

意気投合した二人はメールアドレスを交換し、やがて上野公園でデートするようになる。一緒に映画も見にいくようになったころ、父親からストップがかかった。頻繁に外出し、勉強にも身がはいらない様子をとがめられ、交際をやめるように言われる。

孝美に連絡したところ、彼女からも同じことを言われた。メールにも返事がなくなり、電話番号も変えられてしまう。

七年後、蒼太は新宿のライヴ会場でこの孝美に再会する。正確に言えば、成長した孝美とおぼしき女性がキーボードを弾いているのを見かけたのだ。

ライヴが終わったあと、蒼太は彼女に近付き、「お久しぶり」と声をかけたが、人違いだと言われる。呆然としている蒼太を尻目に彼女は姿を消した。そして、ほどなくバンドもやめてしまった。

ライヴは秋山梨乃という大学三年生に連れていってもらった。梨乃の父方の従兄がキーボードを担当していたが、少し前に自宅マンションから飛び下り自殺し、伊藤孝美に似た女性はそのあとがまだったらしい。

梨乃の従兄が亡くなって少ししたころ、今度は祖父が殺害された。従兄の通夜で祖父になぐさめられた梨乃は以降頻繁に彼の家を訪れており、大学の帰りに立ち寄った際に祖父の死体を発見した。昼休みに電話をしたときは変わりなかったのに、四時間足らずの間に何が起きたのか。

葬儀の帰りに祖父の家を再び訪れた梨乃は、庭にずらりと並べられた鉢植えの中から、彼が丹精していた花がひとつなくなっていることに気づく。食品メーカーで新種の花の開発にかかわっていた祖父は、定年後も園芸を趣味にしていたのだ。

なくなっていたのは最後に祖父に会ったときに見せてもらった黄色の花で、細い花びらがやや捩れながら四方にのびている。植物に疎い梨乃には何の花かさっぱりわからなかったが、祖父にたずねると「まだ迂闊には言えない」と言われる。

スマホから祖父が撮影していた花のデータを呼び出し、蒼太に見せると、『これは、もしかしたら……アサガオかもしれない』と言う。もしアサガオなら、人工的につくられたものにちがいない。黄色い朝顔というものはこの世に存在しないからだ。

蒼太と梨乃はタッグを組んで「黒いチューリップ」ならぬ「黄色い朝顔」の謎を解明することになる。そこには、蒲生家が三代にわたって追ってきた陰惨な通り魔事件が深くかかわっていた。

『天上の青』には、花屋に立ち寄った雪子がある紳士から、「天上の青」は人に幻覚を与えるリゼルグ酸アミドという物質を含んでいると教えられるシーンがある。ＬＳＤのような作用を及ぼすらしい。『夢幻花』でも、蒼太と梨乃が話を聞きに行った専門家が、黄色いアサガオは夢幻花だから、「追い求めると身を滅ぼす」とつぶやく場面がある。幻覚をもたらす植物というと、大麻や芥子を思い浮かべるが、「夢幻花」とは、一般には単なる鑑賞用や野草、雑草として認識されている植物をさすという。

思えば、「天上の青」を見て飛び込んできた富士男もまた、雪子にとっての夢幻花だったのかもしれない。

ダリア

よしもとばななと辻仁成のダリアに関する小説は、方向がまったく違うけれど、どちらも印象的な作品だ。
ばななの『ひな菊の人生』は、こんな始まり方をする。
私は、幼なじみのダリアという女の子と十一歳のときに別れてからずっと、年に一回くらいは彼女の夢を見続けていた。彼女は再婚したお母さんについてブラジルに行った。文通もとうにとぎれ、電話もしない。なのに、彼女の夢を見続けてきた。いつも同じような夢だった。ダリアに対する執着もとうになくなっているのに、私はその夢を見ると安心した。夢の空気があまりにも至福に包まれているので、ダリアがどこかで元気にいると心から思えた。私には、どこかで元気にやっているといいと思える人が他にいない。だから、その感情が胸の中で暖かくうずまくだけで、私は幸福になった。

その夢は、いつもだいたい同じだった。主人公のひな菊はおじさんの家に居候していて、ダリアは林の向こう側に住んでいた。夜になると、ひな菊は家の裏の雑木林にダリアを呼び出して会っていた。居候のひな菊はおじさんの家の電話を使うことを自らに禁じていたので、ダリアを呼び出すときはいつも小学校で使っていた縦笛を吹いた。

子供は夜、留守にすることがないから、ひな菊の笛を聞くと、ダリアはそれをききつけてやってきた。

林の木々の中に音が流れてゆくとき、私はどうして音符はあの表記で、五線紙に書かれるのかよくわかった。笛の音は、私の肉声よりもよっぽど肉体的な気がした。音と心がひとつになるために楽器はあるのだと思った。

音楽家としての私は、非常にしばしば、専門的な訓練を施した笛が肉声よりも機械に近付き、楽器が音と心を引き裂く原因になるのを知っているので、この奇跡のような描写に息を飲む。

夢の中のダリアは、現実でもそうだったように真っ黒に日焼けしてにこにこ笑いながら猛ダッシュで走ってくる。ひな菊は幸福感でいっぱいになる。しばらく林の中で遊んだあと、ダリアのお母さんがやっているスナックに遊びに行くか、おじさんとおばさんがやっているお好み焼き屋に行く。まだ子供だったけれど、二人で行けば叱られなかった。

どうしてひな菊がおじさんの家に居候していたかというとお母さんが車の事故で死んでしまったからだ。梅雨のさなかの雨の日で、お母さんがたまたま小学校に迎えにきて、家に帰る途中だった。そのころお母さんは妹夫妻とお好み焼きの店をはじめたばかりで、店はいつも混んでおり、人でが足りないのでいつも疲れていた。

お母さんは、前から来た車をよけそこなって電柱に激突した。車の外に放り出されたひな菊は、隣に横たわって白目をむいているお母さんを見た。頭の左側から自分が出ていってしまいそうな気がして、どんどん流されそうになったが、ふいに近づいてきたお母さんが、ゴリラみたいな力でひな菊の頭を押しはじめる。

重傷を負ったひな菊は助かって、お母さんは亡くなった。ひな菊には、お母さんが自分の身体から命が出ていくのを必死で押し戻したことがわかった。実際には二人とも身体が動かせなかったのだからありえないのだが、その力がなかったら娘も死んでいただろう。

二五歳になったとき、ひな菊はダリアの夢を見なくなり、まったく別の夢を見るようになった。それは海が見える山の中腹にある別荘で、家のうしろは切り立った崖だった。玄関をはいると大きなテーブルが置かれ、向こうにハシゴのような小さな階段があった。

幅が狭くて急な階段をのぼると、屋根が斜めになった板の間に出た。廊下には小さなドアがあり、開けると小さなベッドがぎっしり置かれた小部屋になっていた。廊下の奥には広いバルコニーがあり、暗い海と町や船の明かりが見えた。小部屋に戻ると、天上の物入れの蓋があいて、ベッドの上に垂れ下がっていた。とにかくそこにダリアはいなかった。

それから再び同じような夢を見て、今度は小部屋の天上の物入れがバサっとあいて、ベッドの上に色あせた写真が落ちてきた。

目覚めたひな菊は、ダリアは死んだのだと確信した。

辻仁成の連作短編集『ダリア』も、霊界と現実界が交錯する場面からはじまる。

第一章「生きているものたち」の舞台は郊外の家。中庭にプールや納屋まである石造りの邸宅だ。ガラス壁沿いに二階に上がる階段があり、老人はそこを登りはじめる。

階段を登ると、最初の部屋の扉が開いていた。好奇心を失わないように、という医者の言いつけを守り、覗くと、ベッドの上に横たわる若い娘を見つけた。苦しそうに腹部に手を当てているが、その目はとろんとしており、金色の髪の毛が他の部位を隠している。奇妙な眺めだ。少女が息をするたびに口許に被さった髪の毛が、ふっ、ふっとわずかに動く。老人は見慣れない光景が現実のものかどうかを確かめるべく、さらに戸を大きく開けるが、少女はまるで道路脇の犬の死骸のよう。シャリシャリと耳障りな音が、まるで昆虫の羽音のように、室内を飛び回っている。

第五章「でも決して光りを捕まえることなど出来ないのに似て」では、同じ光景が少女の側から描かれる。

石造りの一軒家は少女の祖父の代に買い取られ、父の代に修復された。中庭に面した東側の内壁がガラス壁になり、少女と少女の兄の部屋がその壁に沿って配置された。

ドアが開いているのに気づいた少女は、ベッドを降り、廊下の様子を窺った。誰かが開けたとすれば家族しかないが、弟と兄は学校で、父は仕事で不在、母は犬の散歩を兼ねて弟を迎えに行っており、もし祖父が覗いたのなら惚けているので、気にすることはない。

でも、もしかしたら、と少女はドアノブを回しながら、閃《ひらめ》く。最近頻繁に、まるで新しい家族然として、家に出入りしている若い男がいる。ある日、母が連れてきた。まず父親が気に入り、兄が一目置き、少女は家庭教師を依頼した。大学で歴史を学んでいるというこの浅黒い肌の持ち主の個人授業の内容には出鱈目《でたらめ》が多く、特にこの国の近代以降の歩み、侵略や戦争責任については学校とは正反対のことを教えた。理屈っぽい父親と互角に張り合う話術と知性はなかなかのもので、気難しい父親は珍しく楽しそうにしている。

『ダリア』は八話の短編から成っているが、それぞれが、同じ家、同じ登場人物を別々の視点から描いている。手法としては、プルースト『失われた時を求めて』やジョイス『ユリシーズ』のような「意識の流れ」の延長線上にあるのだろう。

近いと思うのは、フォークナーの『響きと怒り』(一九二九)。アメリカ南部のある名家の没落について、自殺した長男、長男にかわって家を継いだ次男、知的障害者の三男と複数の視点から描き、読み進むうちに全容が立ちあらわれるというふうに構成されている。

『ダリア』の第二章「ほら、お前の犬が見ている」は、少女の母の視点から語られる。ダリアと名乗る若い男に出会ったのは、小学生の息子を送った帰り、公園で犬を散歩させていたときのことだ。

犬が吠えたのであやまり、そこから会話が始まった。浅黒い顔の真ん中で精悍な眼が輝いている。やがて若い男の眼から優しさが薄れ、冷たい、刺すような光が現れた。


紳士だった男の顔がふいに野卑な顔へと変質する様を女は白日夢でも見るような眼差しでうっとりと眺めてしまったのだ。


第三章は彼女の夫、第四章は次男の意識にはいりこむ。しかし、著者の目的は家の崩壊ではなく、ダリアという悪魔的な人物を浮かびあがらせることのように思われる。

ダリアは、毛虫を踏みつぶしてしまった次男には「死」ということを教える。「死んだら、お終《しま》い？」ときく弟に、「死んだら、また新しく生まれ変わる」と教える。「違うものになってまた生きるんだ」

長男が外国人住宅に住む移民たちを襲撃したときは、その罪をもみ消してやる。

「どうやって」ときかれ「悪魔の力で」と答える。

圧倒的な力をもつダリアは善悪も性別も超越し、生死をも往還する。彼にかかわるすべての人間に、「本来の自分に戻ること」という命題をつきつける。

対照的に思える二作品だが、ひとつ共通点がある。

年取って幽霊が見えるようになった老人は、死んだはずの妻と普通に会話ができる。生と死の区別がつかないということは、自分の死も近いのだろうか。妻に触れたらもう後戻りできないのではないか。

迷う老人に妻は、「何をいまさらじたばたするのか」と呼びかける。

「命が消えたあとにも、あなたの世界は残るのだから」

同じ花の名前を持ち、成長して同じような人生を歩んでいたダリアの死は、ひな菊を喪失感に陥れた。

「お互いに思っていたのに、会えなかった」と嘆くひな菊をボーイフレンドは、こんな風になぐさめる。

「一回でも会うと、そのときにひとつ思い出というか、空間ができるでしょう。それはずっと生きている空間で、会わなければこの世に全くなかったもので、全く人間どうしが無から作ったものだから」。

夢にまで見るほどの思い出をつくったことは、死ぬとか生きるとかよりも尊いことだと思う、というコメントは心に深くしみる。

♪

クラシック音楽にはダリアを題材にした作品はない。それでも、と思って検索していたらダリア・オヴォラというフランスのピアニストが上がってきた。

一九四七年生まれ、パリ音楽院のピアノ科と室内楽科を一等賞で卒業したあと、チャイコフスキー国際コンクールで最優秀伴奏者賞を得ている。

パリ音楽院の室内楽科で教授をつとめるかたわら、ミッシャ・マイスキーをはじめ、イヴリー・ギトリス、レジーヌとブルーノのパスキエ兄弟、ジャン＝ジャック・カントロフ、オーギュスタン・デュメイ、ジェラレール・ジャリなど錚々たるチェリストやヴァイオリニストと共演したりCDアルバムをリリースしたりしている。

同じ情報で、ダリアが二〇一七年に七〇歳で亡くなっていたこともわかった。

マイスキーと録音した『シューベルト　無言歌』というアルバムを取り寄せて聴いてみた。シューベルトの歌曲や『アルペジオーネ・ソナタ』が収録されている。

チェロとの共演は、ピアノの低音とソロの旋律の音域がかぶるためにバランスがむずかしい。しかし、ダリアはいつも旋律に寄り添うように絶妙のタイミング、バランスでつけていく。

ソロ気質のピアニストは自己主張が強く、なかなか合わせ物がうまくいかない。マイスキーがマルタ・アルゲリッチと共演するときは、彼女の速めのテンポに合わせようと必死で弓を動かしている。

『アルペジーオネ・ソナタ』では、内田光子とヨー・ヨー・マの共演も聴いたことがある。マの弓がまだじゅうぶんに余っている（つまり、まだ同じ音を歌っていたい）のに内田がボンと次の拍を入れてしまう場面も目撃した。

しかるにオヴォラはマイスキーのボーイングを常に尊重し、旋律の終わりを察知してストンと落とす。常にチェロ主導で運ぶ音楽。バランスも常にチェロが前面に出てピアノは背景にしりぞく。

是非はあろうが、これだけの巨匠たちとアンサンブルを楽しんだダリアに敬意を表したい。

百合

明治の文豪・夏目漱石は、私が研究する作曲家クロード・ドビュッシー（一八六二〜一九一八）の五歳下に当たる。実は、この二人はロンドンの美術館で半年違いのニアミスを起しているのだ。一九〇〇年一〇月に文部省からロンドン留学を命じられた漱石は、到着して間もなくナショナル・ギャラリーを訪れ、一九〇二年末に帰国するまで何度も訪問している。このとき、開設されて間もないテイト・ギャラリー（英国美術の分館で、当時の名称はナショナル・ギャラリー・オブ・ブ

リティッシュ・アート）も訪れ、「ターナー・コレクション」に接したものと思われる。同ギャラリーにはジョン・エヴァレット・ミレーの『オフィーリア』はじめラファエル前派の作品も展示されているから、こちらも観たにちがいない。

というのは、一九〇六年に発表された『草枕』では『オフィーリア』が重要な役割を果たしているからだ。

水に流されるオフィーリアのモデルは、ラファエル前派の親玉ダンテ＝ガブリエル・ロセッティの妻で、画家たち共有のモデルをつとめたエリザベス・シダルだった。

ドビュッシーのほうは一九〇三年四月末～五月はじめ、つまり漱石が日本に帰った半年後にロンドンを訪れ、同じテイト・ギャラリーでターナーを鑑賞している。帰国後、彼の弾く『映像第一集』を聴いたピアニストのリカルド・ビニェスが、「それらの楽曲はターナーの絵を思わせる」と感想を述べたところ、ドビュッシーは「作曲する前、まさに自分はロンドンのターナー展示室で長い時間をすごしたのだ」と語ったという。

『映像第一集』の刊行は一九〇五年、『草枕』の一年前だった。

ラファエル前派が大好きだったドビュッシーは、若いころ、ロセッティが詩と絵画で表現した『選ばれた乙女』をもとに独唱と語り手、女声合唱によるカンタータを書いている。ガブリエル・サラザンが仏訳したロセッティの詩は、天に召された乙女が地上の恋人に思いをはせるという内容。ワーグナーの影響下にあったころの作品だが、オーケストラには透明感があり、静謐なハーモニーが乙女の歌をやさしく包み込む。

漱石の『夢十夜』の第一夜のイメージ源もまた『選ばれた乙女』ではないかと言われているから、この二人の親和性はおもしろい。

夢の中で語り手は、仰向けに寝た女が静かな声で「もう死にます」というのを聞く。

女は長い髪を枕に敷いて、輪郭の柔らかな瓜実顔《うりざねがほ》を其の中に横たへてゐる。

血色も良く、唇も赤いので死にそうには見えないのだが、女は「死んだら、埋めてください。大きな真珠貝《しんじゆがひ》で穴を掘つて。さうして天《てん》から落ちて来る星の破片《かけ》を墓標《はかじるし》に置いて下さい。さうして墓の傍《そば》に待つてゐて下さい。また逢ひに来ますから」と言う。

百年待たなければならないのだった。

男が言う通りにして待っていると、丸い墓石の下から青い茎が伸びてきて、見る間に長くなって胸あたりまで来て止まった。

すらりと、揺《ゆら》ぐ茎の頂《いたゞき》に、心持首を傾けてゐた細長い一輪の蕾が、ふつくらと瓣《はなびら》を開《ひら》いた。

真白な百合《ゆり》が花の先で骨に徹《こた》へる程匂つた。

この花の描写が、百年前に訪れた死にゆく女の描写に重ね合わされる。ロセッティの詩では、天国の金の手すりにもたれた乙女は三本の百合を持っている。漱石の場合は、同じ場面を地上の恋人からの視点で描いたということになるかもしれない。「死にそうにないのに、全く苦しまずに死ぬ」女の原型は、『草枕』に出てくる。『草枕』は、一人の画家が那古井という架空の温泉を訪ねる道すがら、理想の芸術についてさまざまに思いめぐらせる、一種の芸術論である。とはいえ、漱石の小説ではおなじみの謎めいた女も出現して、『高野聖』めいた入浴シーンまである。振り袖姿のすらりとした女が温泉宿の中を徘徊しているさまを見るともなく見ながら、画家はふとこんなことを思う。

うつくしき人が、うつくしき眠りに就いて、その眠りから、さめる暇もなく、幻覚《うつゝ》の儘で、此世の呼吸《いき》を引き取るときに、枕元に病を護るわれ等の心は嘸《さぞ》つらいだろう。四苦八苦を百苦に重ねて死ぬならば、生甲斐のない本人は固より、傍《はた》に見て居る親しい人も殺すが慈悲と諦められるかも知れない。然しすや〳〵と寐入る児に死ぬべき何の科《とが》があらう。

また、那美というその女が身を投げるかもしれないとほのめかした鏡の池を見にいくと、頭の上の椿の樹から、赤い花がぽたりと水の上に落ちる。次から次に際限なく落ちて、池の水が赤くなるだろうと思うほどだ。「大きいのが血を塗つた、人魂《ひとだま》の様に落ちる」というくだりは、翌○九年に書かれた長編小説『それから』の冒頭シーンを連想させる。

主人公の代助は、いわゆる高等遊民である。大学卒業後に就職せず、一軒家に住み、親から女中や書生までつけてもらって優雅に暮らしている。

ある朝、目覚めた代助がふと枕元を見ると、八重の椿が畳の上に落ちている。眠りに落ちる前に、たしかにこの花が落ちる音を聞いたような気がした。赤ん坊の頭ほどもある大きな花の色が血を連想させ、胸の上に手を当てて心臓の鼓動を確かめる。

そこに中学時代からの友人で、一時は兄弟のように親しくしていた平岡が訪ねてくる。結婚して地方の銀行につとめていたが、辞めて東京に出てきたのだという。妻の三千代は代助の友人の妹で、結びの神は代助自身であった。

結婚に際して、平岡は三千代に懐中時計を贈り、代助は真珠の指輪を贈った。

三千代は出産後すぐに子供を亡くし、自身も心臓弁膜症を病んでいた。小説の冒頭のシーン、巨大な椿は生まれ落ちてすぐに亡くなった赤ん坊を象徴しているのだろうか。代助の心臓は規則正しく鼓動を打つが、三千代のそれはそうではなかった。

平岡の来訪からしばらくして、妻の三千代も代助のところにやってきたが、用事は金の無心だった。平岡が支店長時代にだいぶ借金を重ねたのらしい。高等遊民の代助には自由になる金は一銭もない。父や兄に借金を断られ、兄嫁がこっそり貸してくれた。

冒頭の椿も印象深いが、びっくりするのは鈴蘭のシーンである。花が好きな代助は、大きな鉢に水をはり、知人が北海道から採ってきてくれた鈴蘭（リリー、オフ、ゼ、ヴレー。ちなみに、バルザックの小説『谷間の百合』の原題「ル・リ・ダン・ラ・ヴァレ」は百合のこと）の束を解いて、茎ごとつけた。

簇《むら》がる細かい花が、濃い模様の縁《ふち》を隠した。鉢を動《うご》かすと、花が零《こぼ》れる。代助はそれを大《おほ》きな字引《じびき》の上に載《の》せた。さうして、其傍《そば》に枕《まくら》を置《お》いて仰向《あほむ》けに倒れた。黒《くろ》い頭《あたま》が丁度鉢《はち》の陰《かげ》になつて、花から出《で》る香《にほひ》が、好《い》い具合に鼻《はな》に通《かよ》つた。代助は其香《そのにほひ》を嗅《か》ぎながら仮寐《うたたね》をした。

ここに大きな白百合の花束を持った三千代が訪ねてくる。

心臓の悪い三千代が花束を投げ出して苦しがったので、代助は台所に行って書生に水を持ってくるように言いつける。書斎に戻ると、三千代が手にしたコップに水がはいっている。呆然として問いただすと、鈴蘭を活けた大鉢の水を飲んだという。

「何故あんなものを飲んだんですか」ときくと、三千代は「だつて毒《どく》ぢやないでせう」と言いながら「手に持つた洋盃《コップ》を代助の前へ出《だ》して、透《す》かして見《み》せた」。

宮沢賢治『貝の火』にも、すずらんの種を煎って食べる話が出てくる。賢治も漱石も知らなかったのかもしれないが、鈴蘭を浸した水は猛毒なので飲んではいけない。

鈴蘭の水を飲んだ三千代は血色が戻り、かえって元気そうになったが、心臓の具合は思わしくなく、全快は見込めないのだという。彼女が持ってきた百合の花はテーブルの上に置かれたまま、甘い、強い香りを放っていた。

この花は買って来たのか？　ときく代助に、三千代はだまってうなずき、鼻を近づけてふんと嗅いでみせた。

実は、三千代が結婚する前、代助は彼女の家に百合を持って遊びに行ったことがある。適当な花瓶がないところにわざわざ掃除をさせて飾り、家族に鑑賞を強いた。そして、自ら鼻を近づけ、花の香りを嗅いでみせたのだが、三千代はそのことを憶えていたのだ。

そもそもこの二人は互いを憎からず思っていたのだが、三千代の家族に不幸が相次ぎ、告白できないうちに平岡に先を越されてしまった。自分の思いより友情を優先させた代助は、積極的にあと押しさえした。

三千代に思いを告げる決心をした代助は、大きな白百合の花束をたくさん買い、二つの花瓶に挿し、それでも足りないと、先に鈴蘭を入れた鉢に活け、彼女に手紙を書く。告白して彼女が帰ったあと、座敷から百合の花を取ってきて、庭に撒き散らした。

白い花瓣《くわべん》が点々《てんてん》として月の光《ひかり》に冴《さ》えた。あるものは、木下闇《こしたやみ》に仄《ほの》めいた。代助は何をするともなく其間《あいだ》に曲《かゞ》んでゐた。

こんなふうに、百合の花は代助と三千代の心の動きの象徴として使われている。

♪

ドビュッシーは残念ながら百合の花をテーマにした作品は書いていないが、彼が愛した一八世紀の作曲家フランソワ・クープラン（一六六八〜一七三三）には、「百合の花ひらく」という佳品がある。

百合というのはクープランが仕えたブルボン王朝の象徴で、王家が幾久しく栄えるようにという願いをこめてつけられたという。大変皮肉なことに、作曲されて六七年後の一七八九年にはフランス大革命が起き、ルイ一六世の頸がチョン切られてしまったわけだ。

ところで、それから約百年後に書かれたアナトール・フランスの社交界小説『赤い百合』のタイトルは、フィレンツェの紋章からとられたという。

ハンガリーの現代作曲家ベラ・バルトーク（一八八一〜一九四五）のピアノ曲「白い百合」は、『三つのハンガリー民謡』の第三曲。わずか三段の掌篇だが、左手のアルペッジョに乗って装飾音のついた鄙びた旋律が奏でられる。凛と咲く百合のかぐわしさが漂ってくるかのようだ。

プルーストの薔薇

二〇世紀文学の金字塔、プルースト『失われた時を求めて』はまた、「花咲きみだれる小説」と言っても過言ではないかもしれない。語り手である「私」が幼年期に出会った花々が、それらが咲いていた場所に喚起されて立ちあらわれるだけではなく、出会う人々も植物になぞらえられ、人々がゆきかうサロンも花に彩られている。

マルト・スガン＝フォント編・画『プルーストの花園』（鈴木道彦訳）は、マルセル・プルースト（一八七一～一九二二）の『失われた時を求めて』や自伝小説『ジャン・サントゥイユ』にあらわれるさまざまな花を、美しい挿絵とともに紹介した詞画集である。
『失われた時を求めて』といえば、紅茶に浸したプチット・マドレーヌの挿話が有名だ。母から紅茶をすすめられた「私」は、プチット・マドレーヌと呼ばれる「ずんぐりしたお菓子」を持ってこさせ、お茶に浸してやわらかくなった一切れを口に入れたとたん、子供時代の記憶を蘇らせる。日曜の朝、叔母がお茶に浸したプチット・マドレーヌをわたしてくれたときのことだ。ところで、『プルーストの花園』を読むと、茶葉は紅茶ではなく菩提樹の花のこともあったようだ。

叔母は、自分の気が昂ぶっていると思うと、紅茶でなくてハーブティーを求める。そして薬局の袋から皿の上に必要量の菩提樹の花を出し、それを熱湯のなかに入れるのは、私の役割だった。からからに乾いた茎は、勝手な方向に曲がって格子を形作り、その格子のからみあったところに、まるで画家がそれを配置して最も装飾的な形でポーズさせたかのように、色の褪せた花が開いている。

いわゆる「ティユル」という菩提樹のお茶は、不眠に悩むフランス人が飲むハーブティーだ。

『失われた時を求めて』の「私」も寝つきが悪いようで、ゲルマント公爵夫人の甥を田舎町の兵営に訪ねた折りには、ホテルの部屋でありとあらゆる眠りの植物を夢想する。

ほど遠からぬところには、専用の庭があって、未知の花々のように、たがいにひどく異なるさまざまな眠りが生いしげっている。ダツラの眠り、インド大麻の眠り、エーテルから引き出した多様なエキスの与える眠り、ベラドンナの、阿片の、カノコソウの眠り、こうした花々は、やがてある日、予定された未知の人がやって来て、これにふれ、これを花咲かせ、長時間にわたりひとりの人のうちにその特殊な夢の芳香を解き放って、彼を驚かせ感嘆させるまでは、閉じられたままである。

ずいぶん危険な花園だ。ダツラの和名はチョウセンアサガオで、葉に有毒なアルカロイドを含み、誤って摂取すると幻覚を起こすことがある。エーテルは、当時は全身麻酔に使われていた。赤紫の釣鐘花を咲かせるベラドンナは、イタリア語で「美しい女性」を意味する。樹液を薄めて点眼すると瞳孔が開いて眼が大きく見えるので、かのクレオパトラも愛用したというが、全体にアルカロイド系の毒物を含んだ危険な植物だ。喘息持ちだったプルーストが燻蒸療法で用いた薬には、ダツラとベラドンナが含まれていたという。カノコソウには鎮静作用やリラックス効果があり、不眠症の薬として用いられる。

主要人物のひとり、スワンが妻のオデットにボッティチェリの《春》をイメージした衣装を贈るシーンにもたくさんの花が出てくる。

スワンは、青とバラ色のまじったみごとなオリエントふうのスカーフを持っていたが、彼がそれを買ったのは、これがボッティチェリの『聖母讃歌《マグニフィカト》』のなかで聖母マリアのつけているスカーフにそっくりだったからだ。けれどもスワン夫人はこれを身につけようとしなかった。たった一度だけ彼女は、夫がやはりボッティチェリの描いた『春』のなかの「春の精」にならって、小さなヒナギク、矢車草、忘れな草、つりがね草などを一面にあしらった衣装を彼女のために注文するのを、そのままにしていたことがある。

ところで、マルト・スガン＝フォントによれば、プルーストはボッティチェリの絵画をきちんと見ていなかったようで、「春の精」がまとうドレスにはつりがね草もヒナギクも忘れな草もついていないという。

「私」をとりまく女性たち（実際には男性）は「花咲く乙女たち」と呼ばれる。そのうちの一人、アルベルチーヌは薔薇にたとえられる。

アルベルチーヌがパリに来ていて私の家に立ち寄ったということを聞いただけで、彼女の姿がまるで海辺に咲く薔薇の花のように目に浮かんでくる。

富裕なブルジョワで「新しい音楽」の推進者、ヴェルデュラン夫人の海辺の別荘も、花で充たされていた。広大なサロンには、その日に摘まれたヒナゲシや野の花々をトロフィのように飾りつけた合間に、同じモティーフの絵が架けられている。夫人は、汽車と馬車を乗り継いでやってきた「私」を、さる高名な画家が摘みたてのときに描いた薔薇の絵の前に案内する。

「さあ、これをごらんになって」と言って〈女主人〉は、エルスチールの描いた大きく見事な薔薇の絵を示したが、その油のように輝く真紅の色と、泡立てたような白い色は、薔薇のおかれたフラワーポットから、いくぶんクリーム状の浮き彫りになって立ち上がっていた。

ヴェルデュラン夫人のモデルじたいが、シャルリュス男爵のモデル、モンテスキュー＝フザンザック伯爵に「薔薇の女帝」と命名されたルメール夫人だと言われている。

ルメール夫人の絵には、静物画であろうと肖像画であろうと風俗画であろうと常に花が咲き乱れている。《ローズ》は水彩画で、開ききった花びらが繊細に描かれている。《薔薇のブーケ》は油彩。こちらはぽってりした花が少し頭を垂れ、花瓶からこぼれ落ちそうだ。《プロヴァンスの花のバスケット》は、摘み取ったばかりの野の花が無造作に置かれている。黄、紫、赤、真紅、ピンク、オレンジと極彩色なのだが、不思議に清楚な印象がある。《かごの中のアイリスとシャクヤク》は白とピンクのグラデーションが美しい。

ルメール夫人がサロンを開いていたモンソー街三一番地のアトリエも花でいっぱいだったらしい。プルーストは一九〇三年、「フィガロ」紙に寄稿した「リラの中庭と薔薇のアトリエ」で夫人のサロンのレポートをしている。

ラ・ロシュフーコーはじめフォーブール・サンジェルマンの名士たちが出入りした夫人のサロンには、火曜日の夜会のほかに詩と音楽のマチネもあり、サン＝サーンスやマスネ、フォーレがピアノの前に坐った。プルーストが生涯の友、レイナルド・アーンに出会ったのもこのマチネの折りだった。

プルーストの伝記作者ペインターによれば、モンソー街は「ブルジョワのサロンのなかでも最も華々しく、最も人の出入りの多いところで、貴族階級の最高に閉鎖的なメンバーは別として、その当時の重要なもののすべてに出会うことのできる唯一のサロンだった」。

裏を返せば、「貴族階級の最高に閉鎖的なメンバー」は出入りしなかったということになる。『失われた時を求めて』でも、ブルジョワと貴族の対立が生き生きと描かれている。

プルーストが同書の出版を求めてNRFに持ち込んだとき、社交界小説と勘違いしたアンドレ・ジッドが断った話は有名だが、それが目的ではないにせよ、当時のハイ・ライフ事情がよくわかるのはたしかだ。

表向きは貴族を軽蔑しながら、実はうらやましくて仕方がないヴェルデュラン夫人は、自分が信奉する「新しい音楽」の殿堂をつくるべく、さる地方貴族から「ラ・ラスプリエール」という海辺の土地の別荘を借り、サロンを開く。

夫人の招待を受けたことがなかった「私」も、パリでなければよいだろうと晩餐会に出かけていく。ローカル線に乗ってみると、「上流社会では相手にされないが、ヴェルデュラン家では常連」の面々が乗り込んでいた。

ヴェルデュラン夫人に別荘を貸したカンブルメール家は本物の貴族だ。老侯爵夫人は熱烈なショパン愛好家、息子と結婚した若夫人はドビュッシーなど現代芸術を偏愛するという設定になっている。

「ソドムとゴモラ」の章では、老夫人と若夫人の会話という形でドビュッシーのオペラ『ペレアスとメリザンド』が取り上げられる。

老夫人が、今はヴェルデュラン夫人に貸している別荘を懐かしみ、現在の住まいのそばにはバラ園があるが、香りがきつくて頭がクラクラすることがある、「ラ・ラスプリエール」のテラスのほうが快適で「風がバラの香りを運んでくる」と話すと、語り手の「私」は若夫人の現代趣味を満足させようと「まるで「ペレアス」ですね」と言う。

テラスまであがってくるバラの香りというのは。その強烈な香りが曲に漂っているせいか、枯草熱とかバラ熱にかかりやすい私など、この場面を聴くたびにくしゃくみが出たものです。

この場面は第三幕第三場「地上のテラス」に当たる。異父兄のゴローと地下の洞穴を探検したペレアスが地上に出て「やっと息がつける！」と叫ぶ場面だ。

濡れたバラの香りがこのテラスまであがってくる。

一九一一年二月にテアトロフォンで『ペレアス』の実況中継を聴いたプルーストは、このシーンにとりわけ感銘をおぼえたようで、アーンへの手紙でここには「海の冷たさと、そよ風に運ばれてくるバラの香りとが浸みこんでいる」と書いている。

テアトロフォンは芝居やコンサートを自宅の電話で聴くことができる配信システムで、プルーストは加入したばかりだった。

アーンはドビュッシー嫌いを表明していたから遠慮して書いているが、三月末に書いた別の手紙によればかなり入れ込んでいた模様で、オペラが上演される夜はかならずテアトロフォンで聴き、休演のときは自らペレアス役に扮して歌ったという。

プルーストはワーグナーの楽劇もほとんど暗記していたらしいが、ペレアス役を歌えるくらいだから、よほど聴覚能力が優れていたにちがいない。

ドビュッシーとプルーストは、階級上の違いもあってあまり接点がなかったが、ロワイヤル通りの「ヴェベール」（のちの「ドゥ・マゴ」のようなカテゴリーのカフェ）では時おり顔を合わせていたらしい。一度だけ、プルーストが自宅に招こうと試みたこともあるが、貴族（若いころのドビュッシーは、貴族を気取ってド・ビュッシーと名乗った時期がある）どころかブルジョワ階級ですらない作曲家が固辞したため実現しなかった。

ある夜、プルーストは自分の車で自宅にいらっしゃいませんか？　とドビュッシーを誘った。ドビュッシーは彼の文章と会話の長々しいフレーズをまったく好まなかったし、数々の辛辣なエピソードも耳にはいってきた。プルーストもまた、居心地が悪かった。ドビュッシーに敬意を表するレセプションを開催しようとは申し出なかったが、その客が全く社交的でないことは知らなかった。「申し訳ございません」とドビュッシーは率直に言った。「実際のところ、私は一頭の熊でしかありません。これからも今までのように、たまたまお会いするにとどめたほうが賢明だと思います」（ロックスパイザー『ドビュッシー　生涯と思想』）

是非とも熊さんに訪問してもらって、音楽＝薔薇談義に花を咲かせてほしかったものだ。

引用文献一覧

青山七恵『すみれ』文藝春秋、二〇一二年
芥川龍之介「蜘蛛の糸」（『日本児童文学名作集 下』桑原三郎、千葉俊二編、岩波文庫、一九九四年）
彩坂美月『向日葵を手折る』実業之日本社、二〇二〇年
アンデルセン『即興詩人』下巻、大畑末吉訳、岩波文庫、一九六〇年
――「沼の王の娘」（『完訳アンデルセン童話集 四』大畑末吉訳、岩波文庫、一九八四年）
――「ある母親の物語」（『アンデルセン童話集 三』大畑末吉訳、岩波文庫、一九三九年）
――「ばらの花の精」（『アンデルセン童話全集 童話篇 1』山室静訳、河出書房、一九五三年）
五木寛之『冬のひまわり』ポプラ文庫、二〇〇八年
今村壽明、山崎昶『ミステリーと化学』裳華房、一九九一年
エンデ、ミヒャエル『モモ』大島かおり訳、岩波少年文庫、二〇〇五年
太田紫織『櫻子さんの足下には死体が埋まっている』角川文庫、二〇一三年
梶井基次郎「桜の樹の下には」（『梶井基次郎全集』ちくま文庫、一九八六年）
キーツ、ジョン「イザベラ、あるいは、めぼうきの鉢」（『キーツ全詩集 2』出口保夫訳、白凰社、一九七四年）
グールモン、レミ・ド「白木蓮」（『フランス幻想文学傑作選 ③』窪田般彌・滝田文彦編、白水社、一九八三年）
ゲーテ「ミニヨンの歌」（『日本名詩選 1 明治／大正篇』西原大輔編、笠間書院、二〇一五年）

ゴーティエ「ハッシシュ吸引者倶楽部」（『ゴーチエ幻想作品集』店村新次・小柳保義訳、創土社、一九七七年）
小谷汪之『中島敦の朝鮮と南洋』岩波書店、二〇一九年
コンスエロ・ド・サン＝テグジュペリ『バラの回想　夫サン＝テグジュペリとの14年』香川由利子訳、文藝春秋、二〇〇〇年
坂口安吾「桜の森の満開の下」（『感じて。息づかいを。』川上弘美選、光文社文庫、二〇〇五年）
――「桜の花ざかり」（『坂口安吾全集13』筑摩書房、一九九九年）
サン＝テグジュペリ『星の王子さま』内藤濯訳、岩波書店、一九六二年
柴田よしき「さくら、さくら」（『朝顔はまだ咲かない』創元推理文庫、二〇一〇年）
庄司薫『白鳥の歌なんか聞えない』中央公論社、一九七一年
スチュワート、エイミー『邪悪な植物』山形浩生監訳、守岡桜訳、朝日出版社、二〇一二年
曽野綾子『天上の青』新潮文庫、一九九三年
タイユフェール、ジェルメーヌ、フレデリック・ロベール『ちょっと辛口』小林緑訳、春秋社、二〇〇二年
竹久夢二「日輪草（ひまわり草）」（『童話集　春』小学館文庫、二〇〇四年）
千澤のり子「黒いすずらん」（『謎々　将棋・囲碁』角川春樹事務所、二〇一八年）
辻仁成『ダリア』新潮社、二〇一二年
坪田譲治『善太三平物語』光文社、二〇〇五年
デュマ「黒いチューリップ」松下和則訳（『世界の文学7』中央公論社、一九六四年）
中島敦「夾竹桃の家の女」（『中島敦全集2』、ちくま文庫、一九九三年）

夏目漱石「草枕」(『漱石全集 第三巻』岩波書店、一九九四年)
――「それから」(『定本漱石全集 第六巻』岩波書店、二〇一七年)
新美南吉「チューリップ」(『新美南吉全集 第四巻』大日本図書、一九八〇年)
新田次郎「彼岸花」(『新田次郎全集 第十三巻 思い出のともしび・白い夏』新潮社、一九七五年)
東野圭吾『夢幻花』PHP文芸文庫、二〇一六年
フォル、ポオル「ルミ・ド・グールモン」(『訳詩集 月下の一群』堀口大學訳、岩波文庫、二〇一三年)
プルースト『失われた時を求めて8』古川一義訳、岩波文庫、二〇一五年
――『プルーストの花園』マルト・スガン=フォント編・画、鈴木道彦訳、集英社、一九九八年
降田天『すみれ屋敷の罪人』宝島社文庫、二〇二〇年
古田亮『特講 漱石の美術世界』岩波現代全書、二〇一四年
ボードレール、シャルル『人工楽園』渡辺一夫訳、角川文庫、一九五五年
――「夕べの諧調」(『ボードレール全集1』福永武彦訳、人文書院、一九六三年)
ボーム、ライマン・フランク『オズの魔法使い』佐藤高子訳、ハヤカワ文庫、一九七四年
ボッカッチョ『デカメロン 中』平川祐弘訳、河出文庫、二〇一七年
マルシャーク、サムイル『森は生きている』湯浅芳子訳、岩波少年文庫、一九五二年
宮沢賢治「貝の火」(『新編 風の又三郎』新潮文庫、一九八九年)
吉本ばなな『ひな菊の人生』幻冬舎文庫、二〇〇六年
吉屋信子「鈴蘭」「三色菫」(『花物語 上』河出文庫、二〇〇九年)
ロチ、ピエール「江戸の舞踏会」(『秋の日本』村上菊一郎、吉氷清訳、角川文庫、一九五三年)
Lockspeiser, Edward. *Debussy: His Life and Mind*, 2 Vols. Macmillan, 1962-65.

謝辞

二〇〇四年に『華道』での連載がスタートしたころ、私は朝日新聞の書評委員をつとめていた。委員仲間は、博覧強記の文芸評論家・種村季弘さん、哲学者の木田元さん、作家の川上弘美さんと堀江敏幸さん、詩人・作家の小池昌代さん、ノンフィクションライターの与那原恵さん、フランス文学者の中条省平さん、歴史学者の池上俊一さん、武田佐知子さん。音楽家の私が一番文学に近づいた時期だったかもしれない。

ジャンルをまたぐ本は読者を獲得しにくい。二〇〇一年の『無邪気と悪魔は紙一重』（白水社、のちに文春文庫）と『水の音楽』（みすず書房、のちに平凡社ライブラリー）、二〇〇六年の『音楽と文学の対位法』（みすず書房、のちに中公文庫）。本書は、私にとって久方ぶりの越境する本ということになる。

連載時から出版の可能性をさぐってくださった座右宝刊行会の山本文子さん、感性豊かな挿画で音と言葉を合一させてくださった音楽学の渡邊未帆さん、花をテーマに音楽と文学を渉猟……といいつつ圧倒的に文学に傾く本書を出版してくださった月曜社の神林豊さんに心から感謝の念を捧げます。

二〇二一年一〇月　　ショパン・コンクールの取材でワルシャワに旅だつ前日

青柳いづみこ

青柳いづみこ（あおやぎ・いづみこ）
ピアニスト・文筆家

安川加壽子、ピエール・バルビゼの両氏に師事。フランス国立マルセイユ音楽院首席卒業。一九八〇年のデビュー・リサイタルは毎日新聞紙上にて大木正興に絶賛される。八九年、論文『ドビュッシーと世紀末の美学』で学術博士号。九〇年、文化庁芸術祭賞。日本ショパン協会理事、日本演奏連盟理事、大阪音楽大学名誉教授、養父市芸術監督。

演奏と執筆を両立させる希有な存在として注目を集め、17枚のCDが『レコード芸術』誌で特選盤となるほか、師安川加壽子の評伝『翼のはえた指』（白水Uブックス）で第9回吉田秀和賞、祖父の評伝『青柳瑞穂の生涯』（平凡社ライブラリー）で第49回日本エッセイストクラブ賞、『6本指のゴルトベルク』（岩波書店）で第25回講談社エッセイ賞、CD『ロマンティック・ドビュッシー』（カメラータ）で第23回ミュージックペンクラブ音楽賞を受賞している。『ラ・フォルジュルネ音楽祭』『東京・春・音楽祭』、NHK『ららクラシック』などにも出演。二〇二〇年一月、浜離宮朝日ホールにて、演奏生活40周年記念リサイタルを昼夜にわたって開催。

近著に『高橋悠治という怪物』（河出書房新社）、『ドビュッシー　最後の1年』（中央公論新社）、『阿佐ヶ谷アテリデ大ザケノンダ』（平凡社）、CDに『春の祭典・ペトルーシュカ』（R-Resonance）、『海』（Ottava）、『ドビュッシーの夢』『ドビュッシーとパリの詩人たち』『6人組誕生！』『物語』（以上、ALM）などがある。二〇二一年十一月には、本書と連携する『花のアルバム』（ALM）をリリース。

花《はな》を聴《き》く　花《はな》を読《よ》む

著者　青柳《あおやぎ》いづみこ

二〇二一年十二月二〇日　第一刷発行

発行者　神林豊
発行所　有限会社月曜社
〒一八二－〇〇〇六　東京都調布市西つつじヶ丘四－四七－三
電話〇三－三九三五－〇五一五（営業）　〇四二－四八一－二五五七（編集）
ファクス〇四二－四八一－二五六一
http://getsuyosha.jp/

植物画　渡邊未帆
装幀　中島浩
印刷・製本　モリモト印刷株式会社

ISBN978-4-86503-124-9